蜩に耳をあづけて目は沖に

明滅は悲憤即ち朝と夜

鳥葬に添へるとすれば酔笑蓉

秋澄むや旧居にシャッター音一つ

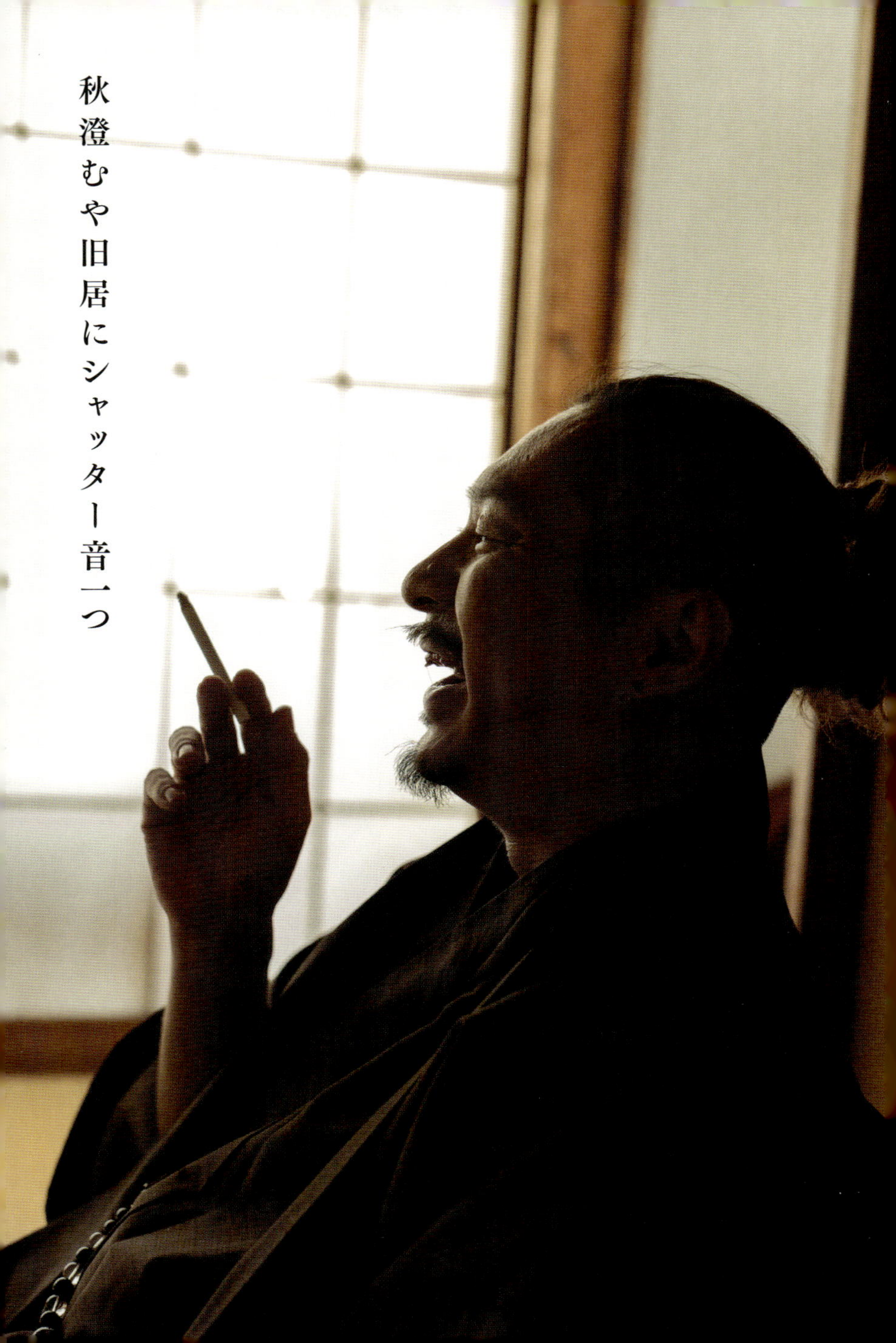

ぼろぼろの
小筆のやうな
残暑かな

秋暑し
鳩の番が
屋根の上

半自伝的エッセイ

廃人

北大路翼

自序

今日より大事な明日は存在しない。
人生はすべての場面が最終レースだ。

どんな生き方をしても必ず人は後悔する。
ならば少しでも悔いを減らすため
いつ死んでもいいように日々を生き切るしかない。

死がなければ生はない。
生き様と死に様は同じだ。

四十歳を過ぎてからますます
「死に様」を考えるようになった。
僕の「今」は果たして幸せなのだろうか。
誰にも邪魔されていないだろうか。
そして誰も邪魔していないだろうか。
何もかも不満で不安で不愉快だ。

俳句でも大切なのは「今」だと信じている。
感動の在所は現在ただいまの現象、感情でなければならない。
言の葉も人の心もすぐに腐ってしまう。

急げ、急げ、急げ。一生なんてあっという間だ。

悩むぐらいならばぶっ壊れちまえ。
頭で考えても間に合わねえ。
脳みそなんて犬にでも食わせちまえ。

「今」は嘘をつけない。
「今」だけが本人と等価だ。

つまらない人間になるな。
「今」になれ。
ハイになれ。

僕の「今」を確認するために、

本書の俳句やエッセイはあえて過去を意識した。
累々たる過去の死骸の上にしか今の僕は存在しない。
俳句は死んだ僕が生きていたときの記録だ。墓碑だ。
下手くそな字を刻んだので笑って欲しい。

「今」は一瞬だ。
次々に死んで行く。
お前も墓を作って一服しようぜ。

目次

I　詠まずにいられるか　思い出の一句

北大路翼　自選23句

『時の瘡蓋』より

II　あめつちの詞《ことば》　俳句とエッセイ

Ⅲ　技巧一閃　俳句のテクノロジー

I

詠まずにいられるか　思い出の一句

簡単に口説ける
共同募金の子

昔からこの手の人が嫌い。

手に受けし精子あたたか冬の夜

自瀆。まだ精子が元気だった。

傷林檎

君を抱けない
夜は
死にたし

一度だけホントの恋がありました。

おしぼりの
山のおしぼり
凍てにけり

昨晩が丸々捨てられているようだ。

電柱に
嘔吐
三寒
四温かな

毎日懲りずによく飲むね。

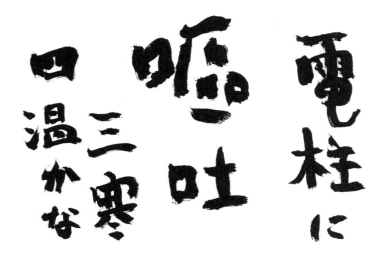

太陽にぶん殴られてあったけえ

夜明けの祝福。

キャバ嬢と見てみるライバル店の火事

他人の不幸は蜜の味。

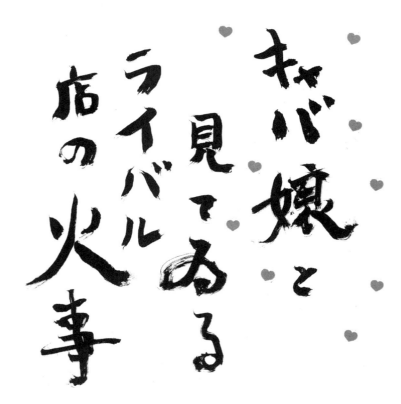

閉店を客と迎へて浅蜊汁

この頃は日替わりでバーテンダーがいた。

同じ女が
いろんな
水着を
着るチラシ

ビキニでも抜けない。

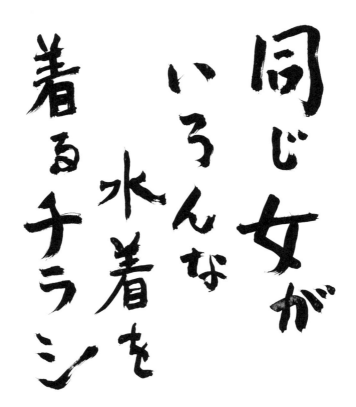

北大路翼の墓や兼トイレ

好きな子の家の便器に生まれ変わりたい。

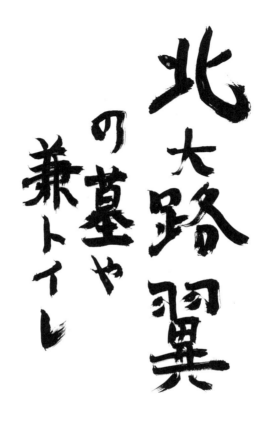

便座冷ゆ
わが青春の
歌舞伎町

酔いつぶれるときはだいたい便所。

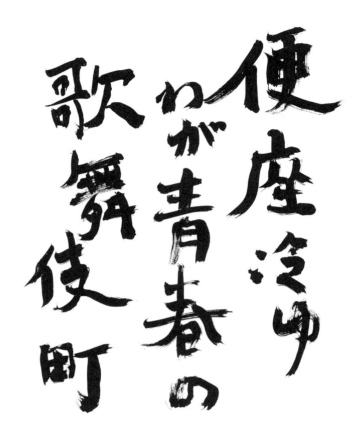

孤独死のきちん
と畳んである毛布

真面目な人は生きづらい。

俺のやうな雪になりきれない雨は

半端者ですぃません。

夏

悲しさを
漢字
一字で書
けば

思い出はいつも美しい。

今日だけは
網走の夜
吹雪くなよ

義理が重たい男の世界。

種付けを
終へし牧場
雲一つ

情事の後の煙草はうまい。

ちょっと
ちょっと
天の川には
吐かないで

宇宙の張り紙。

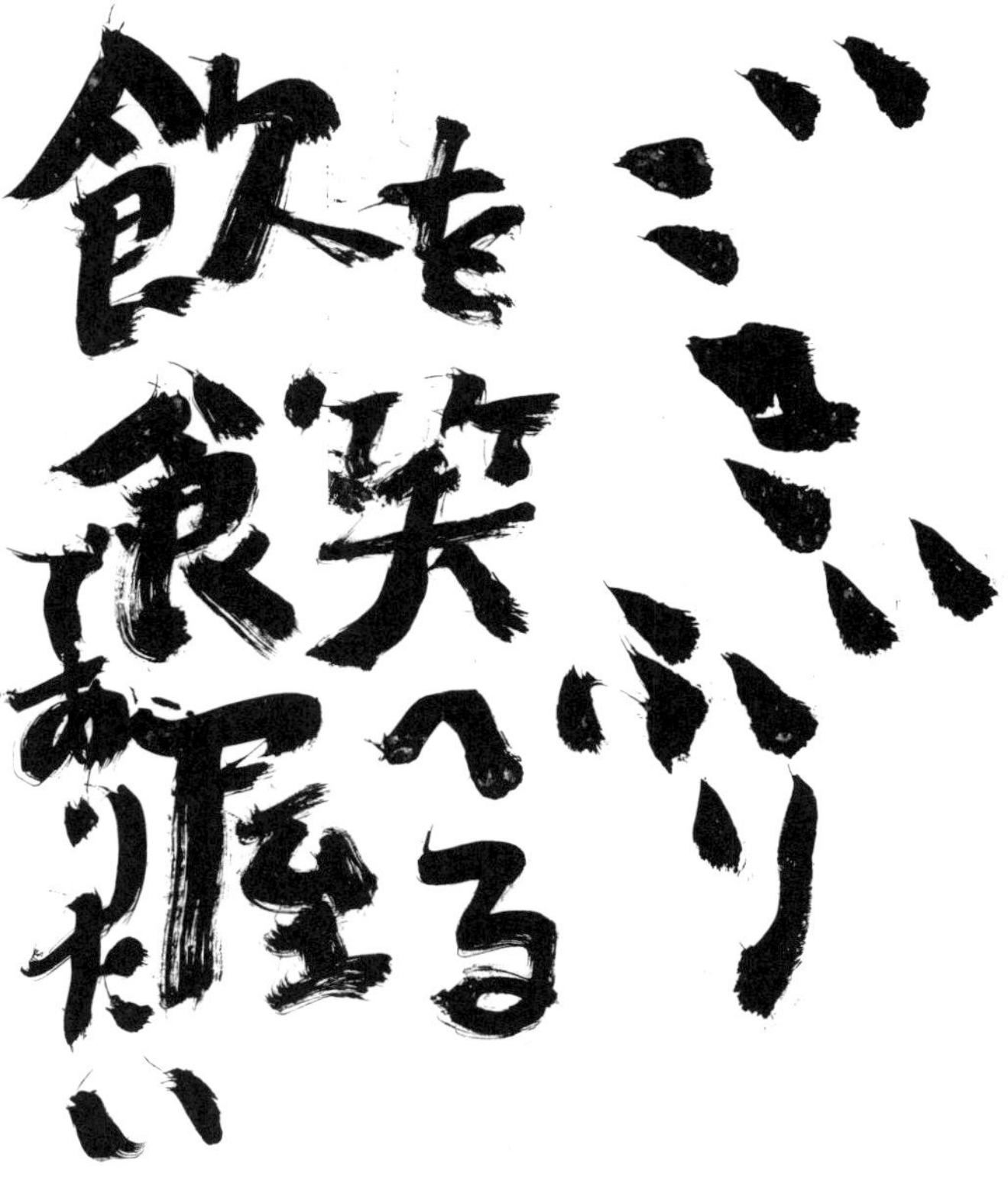

保健所が笑って帰っていった。

会へば
セックス
よだ
あるい
貼るカイロ

なんで裸になるのだろう。

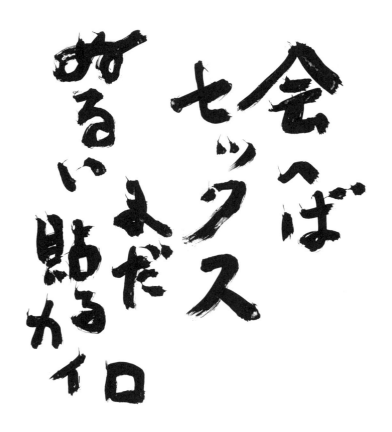

ウォシュレットの
設定
変へた
奴殺す

弱くて何が悪い。

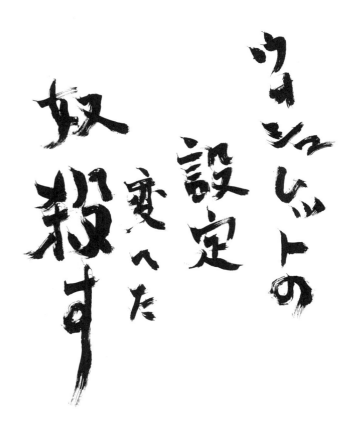

日本語の
乱れの
やうな
夕立かな

マジ卍。

炎天や
海は本来
しづかな
もの

自然を怒らせてはいけない。

座薬挿す
障子の穴を
気にしつつ

秋葉様のお札をお貼りなさい。

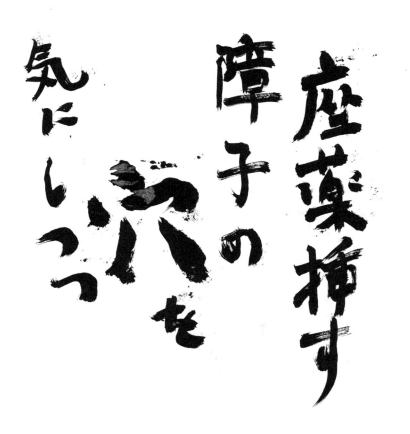

II

あめつちの詞《ことば》　俳句とエッセイ

㋐ アウトロー

ひょらずに流れてゆけよ雪解川

僕たちの俳句はいつの間にかアウトロー俳句と呼ばれるようになった。はじめて活字になったのは『週刊ポスト』の平成二十八年二月二十六日号だ（偶然だが二・二六というのが、俳句における革命を予感させて嬉しい）。もっと昔の話だと思っていたが、わりと最近の話だ。見出しには「過激なほどアブナイ」「お題はヤクザ、セックス、風俗、犯罪……」などの煽り文句が並んでいる。従来の俳句のイメージと違う作風がウケたのだろう。文中にも「高尚さと真逆」だと紹介されている。

たしかに歌舞伎町には「アブナイ」イメージがある。実際にアブナイ目にもあった。ただそれをテーマに詠めばアウトロー俳句かと言われると、ちょっと待て！　と言いたくなる。僕たちの俳句は歌舞伎町（で作った）俳句であるけれど、アウトローを意識した俳句ではない。むしろそこにいる人たちの生活や感情がテーマである。

早春のやうな一生無法松

僕が歌舞伎町に魅かれるのは、人間が飾らないからだ。チンピラはチンピラとして、変態は変態として堂堂と生きている。己の生き様に無自覚であることが美しい。自然な異常者は常識からははみ出してはいるものの、アブナイ人であったり、反社会的な人たちではない。自分のルールに忠実なだけである。

不良の遊びはルールを破ることではない。新しいルールを作ることにこそ意味がある。ルールがなければ遊びなんか成立するものか。決められたルールがあるから、その裏をかくのが「遊び」というものだろう。

ルールは厳しければ厳しいほど面白い。俳句だって、有季定型というルールがあるから面白いんだ。こんな大きな世の中のできごとをたった十七文字で描こうというのだからむちゃくちゃじゃないか。最高にクレイジーでクールだ。

季語があるから、季語のない句を作りたくなるし、五・七・五があるから十七文字を飛び出したくなる。縛りつけるからそこに反発力が生まれるのだ。

啓蟄の心の深きところより

法律とか道徳とかは一番イージーなルールだろう。ゲーム性も何もない。人生を楽しむためには複雑なルールが必要だと思う。いつも自分が「不利」になるようなルールが望ましい。健さんはいつだって我慢してたじゃないか。忍ぶ心だよ。

近年は逃げるが勝ちみたいなドラマが流行ったが冗談じゃない。逆境こそ人生を楽しむチャンスじゃないか。逃げるどころか、自分から逆境に飛びこんでこそ「男」ってもんだ。おっと、昨今では、軽々しく男とか女とか口にしてはいけないんだったな。ジェンダー論もわかるけど、前時代的な馬鹿馬鹿しい男女論も認めて欲しいな。今までそれでなんとかなってきたんだから、何故、急に問題になったかわからない。僕が鈍いだけなのかしら。

負けられぬ性を選びて吹流し

ルールは自分のためだけに設定するのが理想だ。みなそれぞれが自分のルールを生きればいい。行き過ぎたジェンダーの問題などは人様のルールに土足で入り込む愚行であると思う。誰でもすぐに評論家顔《づら》したがるのが気持ち悪い。なんであんなに他人のことが気になるのだろう。誰が結婚しようが、不倫しようが知ったこっちゃない。ＳＮＳ時代のタチの悪い弊害だと思う。「オレがヤクザとゴルフをしたからって、誰が困るってんだよ」と小林旭大先生はおっしゃってます。さすがだね、マイトガイ！

だいたい正義ってなんだ。亜米利加さんが戦争するときの言訳じゃないか。

これからも僕たちは自分のために、自分の俳句を作っていくよ。それがアウトローってもんじゃござんせんかねえ。

冷奴箸を汚さず崩しけり

め

名人

夏盛んボタンを連打に連打して

名人と呼ばれる俳人を寡聞にして知らない。

俳句もある種の勝負だし、芸事であるのだから一芸に秀でた人を名人と呼んでもいいはずだ。ファミコンの世界でさえ高橋名人がいたのにさみしい限りだ。

これは巧い人がいないというより、俳人独特の謙遜がそうさせているのかも知れない。私なんかが名人と名乗るのもおこがましいと思っているのであろうか。自分から名乗るのはさすがに憚られるが、世間がそう思ってくれるのなら堂堂と名人を名乗ればよいと思う。わかりやすい謙遜はかえって無礼だ。謙遜するならもっとうまくやって欲しい。謙遜を美徳としている人たちは往往にして謙遜が下手なことが多い。

ちなみに前述のアウトロー俳句も自分で名乗ったわけではないのであしからず。たまに屍派はアウトローのクセに、メディアに出過ぎだとか、全然悪いイメージ無いじゃんとの批判も見受けられるが、見当違いもいいところである。そんなことを言っていたら推理小説家はみんな犯罪者になっちゃうよ。ああやっぱり、SNSは大嫌いだ。

話が逸れてしまったが、名人ってカッコいいじゃん。カッコいいにまさる言葉はあるまい。すべての判断の基準はカッコいいかカッコ悪いかであると思っている。僕も家元を名乗っているかぎり、いつかは名人と呼ばれたい。よっ、俳句名人。北大路翼名人も偉そうでいいね。屍名人だったら葬儀屋みたいだけど。

名人を避けるもう一つの理由としては、技術偏重の俳句が嫌われることもあるのだろうが、僕は技術を否定しない。俳句には技術が必要だ（技術を先に学びたい人は第三章を先に読むといい）。巧さを批判的にしか語れない奴は、本当の巧さを味わったことがないのだろう。本当の巧さは退屈で、凡人には気がつかないものさ。

風鈴の風待つやうな技術かな

海の家横丁

つ Twitter

共感をせざる暑さを共感す

他人の独り言、こんなものが流行るとは思わなかったなあ。

あれはもう十年以上前のことか。僕といても携帯ばかりをいじっているので罵倒した女がいた。その女が見ていたのがTwitterだった。

「○○なう。」

お前がどこにいようが僕の知ったこっちゃない。

「暇。」

当たり前だ。暇だからそんなことやってんだろ。

「眠ぽよ。」

勝手に寝ろ。二度と起きて来るな。

焼きそばのソースが濃くて花火なう　越智友亮

俳句にまで「なう」が侵出してきたときは、この世の終わりかと思ったぜ。Twitterを嬉しそうに眺めていた女とは当然別れた。

ところがところが、やってみるとこれがまた止まらなくなるのである。すでに投稿数も六〇〇〇〇を越えてしまった。六〇〇じゃないよ、六〇〇〇〇だよ。僕の方がよっぽど暇人だな。彼女に再会することがあったら謝って、もう一度抱かせてもらおう。

緑蔭やどこにもいかぬ青い鳥

なんというか、短いのがいいんだろうな。俳句と一緒。言訳じゃないけど、僕のツイートはほとんど俳句だからね。もう二万句以上はツイートしているはずだ。芭蕉だって生涯で約千句、虚子だって残っている句は二万句ちょっとなので、内容はともかくとして自慢していい数字だと思う。俳句のツイート数だけならおそらく日本一、いや世界一だろう。ギネスに申請してTwitter俳人として認定してもらうか。うーん、名人とはかけ離れていくなあ。

でも本心をいえば、Twitterはやっぱりメモでしかない。自撮りだって、その時の自分を記憶しておくためのメモだ。連絡用に使ったりするけど、知り合いを増やしたり、Twitter上でのやりとりはあまり興味がない。

俳句は見てもらってナンボだ。見せ続けることがいいプレッシャーになる。松田聖子も人に見られることが美しくいるための秘訣だと言っていた気がする（僕の芸能情報はここで止まっています。モー娘。は五人の頃しかわかりません）。だから自撮りだって……。作る習慣、見せる習慣のためにTwitterも馬鹿にできないのであります。

滝壺に落つこちさうな写真あり

ち チルト

行く秋を六号艇と惜しみけり

チルトとはボートにモーターをつける角度のこと。チルトアジャスターの略称。マイナス〇・五度から〇・五刻みで三度まで。といっても何のことかわからない人には全くわからないだろう。要するに競艇用語で、これが低いほど安定して乗りやすくなり、大きくなればなるほどスピードは出るが乗りづらくなると理解していただければよい。

僕が競艇にハマった理由の一つに、阿波勝哉という選手がいる。通称アワカツ。インコースが有利といわれている競艇の世界で、ただ一人大外にこだわり、豪快な捲りで他艇をねじ伏せる男である。

平和島の名物アナウンサー、ベイ吉も彼のレースのときは実況に特に力が入り、「捲り一発、決まったーー!!」と気持ち良さそうに絶叫していたのが懐かしい。そんな実況の中で何度も呼ばれた「ミスターチルト3度、阿波勝哉」。その響きの良さも相まって、僕の中では「チルト3度」が流行語にもなった。ちなみに平和島ではチルト3丼やチルトサンド(サンドイッチね)というトホホなネーミングの定食がある。もちろん食べたことはない。

闇鍋にまじつてゐたるモーター音

懐かしいと言ったのはルール改正によりアワカツがちっとも勝てなくなってしまったか

らだ。相変わらず大外にこだわってはいるが、代名詞であるチルト3度もやめてしまった。大外から何もできず、ただ回ってくるだけのアワカツを見る悲しさよ。彼の活躍の場を奪ってしまったのは競艇界の多大なる損失だと思う。僕たち競艇ファン（競艇場によってはお客さんをゲストと呼んでいる。さすがにやりすぎだと思う）は当たりやすい舟券よりも、スリリングなレースを求めている。ギャンブルも勝負も大事なのはロマンだろ。「持ちペラ制度」の復活を切に願う。名称もボートレースではなく競艇に戻すべきだと思う。

競艇を知らないころのお年玉

ほ 北海道

雪ばかり見てゐる吹雪の車窓かな

旅に行くなら北がいい。演歌などで見る厳しい風景に憧れているのだろう。お釈迦様が死んだときも、頭は北に向いていた。「北」のイメージが持つどこか自虐的なところが僕を喜ばせてやまない。北大路も偉そうな名前だが、どこか縁起が悪そうなところが気に入っている。そもそも自虐とは、究極の照れ隠しである。他人の中で生きていくなんて恥ずかしいことの連続なのだから、生きるとは照れとどう向き合うかに尽きるだろう。照れのない人は生きるのが楽でいいなあと思うが、そういう人とは最初からつき合う気もないからなあ。含羞は日本人の数少ない美徳だと思う。

ちなみに恥じるとは力不足をごまかす行為であり、照れは力過剰を隠す行為である。照れは謙遜ともいう。

北海道には何度も行った。寒い冬を避けて夏ばかりなのがなんとも「恥ずかしい」が、白夜の北国なんて最高だった。ジンギスカンとビールをたらふく飲み食いして、外に出てもまだ明るい。二十時なんてお昼だよ。新宿のような眠らない町よりも、夜の来ない町の方が恐ろしい。いつまで飲み続ければいいのかわからないもん。

おつぱいを出せる暖房効いてゐる

酒を飲んだあとは女だ。観光はしない。地元の女と触れ合うこと以上の観光があったら教えて欲しい。

ススキノのキャバクラは、こちらでいうところのオッパブで、おさわりができる。そして東京のキャバクラよりも安い。地方格差もあるが、サービス精神だと思って素直に感謝するのがオトナだ。ちなみに昔働いていた風俗雑誌ではキャバクラを「マジテン」と呼んでいた。真面目な店という意味だ。僕も真面目なので、キャバクラでは積極的だ。足の指を舐めようとしたら「オッパイ以外はダメ」だって。お互い真面目だなあ。

おつぱいを丸出しにして怒りたる

北海道の話をしようと思っていたのに、ススキノの話になってしまった。僕が言う北海道はススキノのことだ。

㊙ 白髪

霜の夜の微熱のままのドライヤー

何事も過剰な方がいい。特にファッションに関しては中途半端なものは駄目だ。髪型なんかは坊主とロン毛の二種類あればいい。

そんな僕にも白髪が増えた。最初のうちは、見つけるたびに一本一本抜いていた（初白髪はまだ保管してある）が、もうそんな悠長なことはやってられない。頭の側面はだいぶ白くなってしまった。髭や体毛にもぽつぽつ白髪が混ざっている。

炬燵から出ずに鼻毛を抜くばかり

はやく全部真っ白になればいいと思う。黒髪には未練はない。中途半端に生えているのだけが耐えられない。

思えば、髪の毛には負担をかけ続けてきた。パーマや脱色などを繰り返し、頭皮も枯野みたいになっている。ケアはしない。ケアするくらいなら最初から痛めつけなければいい。歯磨きも同様だ。歯を磨くぐらいなら最初から食べなきゃいいんだよ。僕は食事をするから歯を磨きません。虫歯になったら抜けばいい。髪の毛もはげてきたら全部剃ればいいんだよ。

真っ白になるか、スキンヘッドになるか。いまから楽しみといえば楽しみだ。

ズクズクガールズ

㋜ 蕎麦

新卒やつらいもからいも辛と書く

一日に一食は必ず食べるぐらい蕎麦が好き。特に二日酔いの朝は例外なく卸し蕎麦だ。寝惚けたアタマに大根の辛さがたまらない。最近は卸し金を新しいものに変えたので、辛さが倍増した。ときには辛すぎて、ほとんど口に出来ないこともある。大根に何か入っているのか疑いたくなるくらい。昔の大根はもう少し穏やかだった気がする。これは卸し金だけの問題ではないな。土地も体も弱っているのだろう。

外出先でも専ら蕎麦屋だ。電車の待ち時間が十分以上あると、つい立ち食い蕎麦に寄ってしまう。スタバに長居する若者は大嫌いだが、富士そばでさっと食事を済ます中年は美しいと思う。だいたいコーヒーも蕎麦つゆもおんなじ色じゃないか。

蕎麦を愛する理由はこれだけではない。

蕎麦はいくら食べても太らない。根拠がなくてもかまわない。糖質ダイエットで似たような話を読んだことがある。蕎麦のときは天麩羅の油も平気だ。蕎麦アレルギーなんて言葉があるが、どちらかというと蕎麦依存症である。

ずびずびと蕎麦をすすつて花粉症

蕎麦打ちも習いに行った。忘年会で蕎麦が作れる玩具（五千円ぐらいする）が当たったが、これだけでは満足できず伊豆にいる知り合いの蕎麦職人を訪ねた。すぐに熱くなるのが僕のいいところだ。蕎麦打ちも、「熱さ」がコツで、水ではなく熱湯で蕎麦粉を混ぜると簡単に蕎麦玉ができる。熱過ぎてかき混ぜるのが大変だけどね。蕎麦職人は単に熱さに強い人だったりして。蕎麦粉の香りが最高なので、一度チャレンジしてみるといいと思う。失敗したら蕎麦搔にして食べても美味しい。蕎麦湯はもちろん蕎麦焼酎だ。
いつになったら痩せることやら。

シャボン玉あなたの側がここにある

ら

ライトアップ

ナイターに灯の入るころ負け濃厚

ネオンが大好きな僕が言うのも憚られるが、ライトアップが苦手だ。ライトアップに群がる人たちが嫌いだと言い換えてもいい。あいつらは虫だ。アホな虫たちは光に興奮したあとにどうせ交尾をするのだろう。うらやましいネ。

酌婦来る灯取虫より汚きが　高濱虚子

クリスマスなんて吐き気がする。なんで木がピカピカしてなくちゃいけないんだよ。樹だって生きてんだろ。一日中明るかったら頭がおかしくなるわ。お前らは寝る時も絶対電気消すなよ。植物は人間に触られるだけでストレスを感じるという。クリスマスツリーのストレスはいかほどなのだろう。そのうち、怒った聖樹に人間が殺される時代が来ればいい。いや、もうそんな時代は目の前だ。昨今、頻出している天災は自然の逆襲の始まりだと重く受け止めたい。

光るのをやめて蛍が町へ出る

海も山も集客に困ったらライトアップだ。あれは観光協会の無策ぶりを照らし出しているようだ。挙句の果てには蛍のイベントでもライトアップをやっていた。これじゃあ蛍なのか、人工の光なのかわからないいっつーの。もしかしたらあの蛍もロボットだったのかも知れない（観に行きました。すいません）。

自然を人間に合わせてはいけない。人間が自然に合わせることを本当の文化と思いたい。

(や) ヤーヌス

神になる一歩手前のエスカルゴ

ローマのヤーヌス神をなぞらえ話題の二面性を紹介するテレビ朝日の深夜番組『ヤー

ヌス』（二〇一五年十月十八日〜二〇一六年四月三日放送）。僕が出演したのはちょうど最終回だった。僕が出たから最終回になったわけではない。メイン出演者はピエール瀧と夏目三久。もちろんピエール瀧が捕まったから終わったわけでもない。彼はスタジオに入ってくるなり「最後だからテキトーに終わらせようねー（笑）」と上機嫌。あのときもキマってたのかなあ。

放送の内容は「俳句なのにアウトロー過ぎる話」。

この頃からアウトローをウリにした俳句の出演が増えた気がする。前歯がないまま人前に出ることにも慣れてきた。だってアウトローだもん。スタジオに酒を持ち込んだこともあるし、アウトローっぽく振る舞うことが世の中の期待に応えているんだと思うようにもなってきた。真面目だなあ。まあ、だらしなくしていればいいだけなので、それはそれで好都合なんだけどね。

何を話したかはっきり覚えていないが、夏目三久が終始嫌な顔をしていたことは覚えている。クスリの話はピエール瀧に止められたっけ（笑）。懐かしい思い出。

ま

燐寸

掌で叩き落として旱星

僕が煙草を覚えたのは三十路を過ぎたころだ。今の若い子たちは信じられないかも知れないが、当時は誰もがいたるところで煙草を吸っていた。電車を降りて一服、信号待ちで一服、会社について一服。街はどこも吸殻だらけだった。当然僕も子供のころから喫煙者に囲まれていたが、人と同じことをするのが嫌いな僕は煙草をダサいと思っていた。煙草に火をつけるくらいなら、国会でも燃やした方がよっぽど面白い。両親ももちろん喫煙者だったが、煙草の銘柄をなかなか覚えられず苦労したものだ。コンビニで銘柄を覚えないレジの外国人に遭遇するとイライラするが、僕にもそんな時代があった。

胡坐の甚平リモコンをすぐ投げる

煙草や酒の買物は家族や人間関係を構築するのに重要だ。お菓子や玩具ではなく、自分の手の届かない大人の嗜好品を買いに行くことで、子供は大人への憧れや背伸びした充実感を覚えるのだ。口下手な父親にとっても、コミュニケーションのきっかけになるのはありがたかったはずだ。五百円玉はちょっとした買い物のお釣をあげるのにちょうどいい硬貨だと思う。いまでは煙草も買えなくなってしまったが。

健康よりも家族の団欒の方が大切だろうに。一方的な嫌煙家は何を考えているのだろう。少なくとも僕は吸ってないときも、煙草の煙が嫌だと思ったことは一回もない。だいたい健康だろうがなんだろうが、正しいと思って押し付けられるのは迷惑だ。

マッチ擦るつかの間海に霧ふかし身捨つるほどの祖国はありや　寺山修司

本当に嫌な時代になったもんだ。そして僕は身を捨てる替わりに煙草を覚えてしまった。きっかけは単純。お気に入りのキャバ嬢が煙草が似合うと言ってくれたからだ。さやちゃん、かわいかったしなあ。酔っ払ってたしネ。いろいろと買ってあげたのに、煙草が原因で嫌われたくないじゃん。手を握られて「吸わないの？」なんて言われたら吸うに決まっているよ。祖国よりも女が大事。健康ぐらいだったら祖国の方が大事だけどね。

さやちゃんどうしてるかなあ。恋も燐寸もはかないのが美しい。

追記　煙草のことを書いたら、わかば、エコー、ゴールデンバッドが発売中止とのニュースが。さんざん値上げをしておいて中止かよ。さすがに頭に来る。最近はpeaceに変えたが、金がないときはわかばばかり吸っていたので残念。貧乏仲間もみなわかばだった。いよいよＪＴも大麻を売る気になったのだろう。

か
蚊遣香

捕虫網被り昼餉を待ちてゐる

夏の季語では扇風機と蚊遣香が一番好き。派手ではないが、夏の原風景として欠かすことができないと思う。ゆったりとした古き良き日本の夏。蟬の声が聞こえてくれれば完璧だ。結局、夏って夏休みの思い出なんだよなあ。両親とも都内で、特に田舎がなかった僕でも、田舎の風景を思い出すのが面白い。『ぼくのなつやすみ』なんてゲームもあったが、日本人の夏に対する共通認識はどこから来ているのだろう。

蚊遣香は蚊取り線香のこと。蚊取り線香で有名な『KINCHO』の正式名称（フルネーム？）は大日本除虫菊株式会社という。まるで兵器工場のような猛々しい響きだが逆にお茶目で好きだ。蚊取り線香のCMも日本人の持つ夏のイメージにぴったり。テーマ曲もセレクトがよくて最近YouTubeで過去作を全て見てしまった。特に石川さゆりの『朱夏』とマイケル・Gの『GION KOUTA』は名曲だ。夏が来るたびに口ずさみたくなる。ところでマイケル・Gは一体何者だったのだろう。

ただいまの声響きをる蚊遣香

夏は暑くて何をするのも嫌になるので、控え目な存在が好ましい。そういう意味でも扇風機と蚊遣香は素晴らしい。扇風機は暑さをかき混ぜるだけで、涼しくならないし、蚊遣香は蚊を追い払うだけで、殺したりしない。扇風機なんてむしろ暑さを共有するために首を振っているのではないか。

夏負けなんて言葉もあるが、なんでも勝てばいいというものではない。夏はほどほどの「負け」を味わうのによい季節だ。

は

歯医者

海月浮くやうに麻酔が効いて来る

歯科助手にかわいい子が多い気がするのはマスクをしているからだろう。うがいのことをぐちゅぐちゅと言われるとぐちゅぐちゅする。

Ks House

(み) ミドマ

台パンを一撃炎暑の街に出づ

ミイラ男、ドラキュラ、魔女のことを「ミドマ」と言う。パチンコの『CRモンスターハウス』でリーチ目とされていた出目である。いわゆる「オカルト」ではあるが、漫画家の谷村ひとしが漫画で紹介したのがきっかけで爆発的に信者を増やした。連チャン攻略打法があったり、何かと話題の多い機種であった。モンスターの図柄は、他にも狼男とフランケンがいる。僕の場合は、魔女、ミイラ男、フランケンの並びが好きで「マミフ」こそリーチ目であると信じていた。

パチンコにおけるオカルトはこれだけではない。有名なのは台の鍵穴に触ると大当たりするというもので、おばちゃんパチンカーに絶大な支持がある。遠隔操作説も未だに根強い。僕の友達は、かわいくてセクシーな女は当たり易いと信じていて、パチンコのたびに女装をしているそうだ。あんまりミニスカにしてるとばれちゃうぞ。パチンコ屋は女装ばかりになるかも知れない。因みに台パンは台にパンチすること。良い子はやっちゃだめだよ。

　虹二重今度の恋は叶ひさう

　競馬でもオカルトは多い。ギャンブラーは溺れがちなので、藁があるとすぐに手を伸ばす。かくいう僕もタカモト式なる暗号馬券の影響を多大に受けている。タカモト式は暗号といっても簡単で一番枠に「ア」がつく馬がいたら来る（説明するまでもないが、五十音の最初だから）とか「シロ」とか「ホワイト」（一番枠の帽子の色が白）が来るとか他愛のないものばかり。好きなのは的場均と中館英二が同じ枠に入ったら「的中」のサインなので、その枠が来るというもの。かなり純度の高いミステリーを読むようで彼の理論は説得力があるなあ。なんてね。でも本当に推理小説作家でもあったりするから世の中はわからない。

　ミニトマト飾りぢやなければ涙です

　金杯は金に関係のある馬が来るとか、有馬記念はその年の世相を反映した馬が来るというのは聞いたことがある人もいるだろう。そしてタカモト式の創設者、高本公夫の究極の理論が「二分の一神話法則」。中森明菜のヒットしたあれである。どんな理論かというと、サイン通りに来るか、来ないかは二分の一なので、同じことが通用するとは限らないという法則である。すごい。彼は推理小説家でもあり哲学者でもあった。

ね 熱波甲子園

熱風にぶつ叩かれてなほ笑ふ

今、サウナが熱い。サウナだから熱いに決っているが、そんな野暮を言っている場合ではない。間違いなくサウナブームが来ているのである。各施設ごとに趣向が凝らしてあって、サウナー（サウナが好きな人のこと。このネーミングの安易さは微笑ましい）は仕事帰りだろうが、休日だろうが時間を惜しまずサウナに通ってしまう。サウナのウリは熱さ、広さ、綺麗さ、など様々。僕はひたすら刺激を求めるハードコア志向だが、玄人好みのサウナーは水風呂を大事にしているようだ。静岡の『サウナしきじ』の水風呂は羽衣をまとったような気分になるらしく水風呂の聖地と呼ばれている。僕がチャレンジした中では、唐辛子入りの水風呂と、氷がぶち込んである超低温水風呂が衝撃的だった。唐辛子入りは、「人によっては激痛を催すことがあります」という注意書きが最高にクール。あいにく(幸い?)痛みは感じなかったが、今度はケガをしたときにチャレンジしたい。十度以下の水風呂にはほとんど入っていられなかった。十秒ぐらいで足が痺れてきて、一分も浸かっていたら全身が麻痺して立派な凍死体ができるだろう。

トンボ引く列の遅れて夏の風

サウナは種類もいろいろとあるが、中でもロウリュウの人気がすごい。ロウリュウはサウナストーブにアロマ水をかけることで蒸気を発生させ、それを浴びるサービス。なぜかどこのサウナでもロウリュウの説明をしてくれるので、すっかり口調まで覚えてしまった。サウナストーブのことをサウナストーンと説明するところもある。この説明をしたり、熱風を扇いでくれる人たちが熱波師だ。僕の近所のサウナでは熱風隊と名乗っているが、やることは同じ。日本サウナ熱波協会の公式HPでは熱波師となっている。

驚いたのは熱波師には検定もあるようで、「熱波甲子園」なんてイベントもある。ペットボトルを風圧で倒すボウリングとか、よく競技を思いついたなあと感心する。YouTube

に大会の様子が上がっていたが男女混合で和気あいあいと盛り上がっていた。暑い中、汗まみれになってやるので、いやでも盛り上がっているように見えるのかも知れない。検定も簡単に取れそうなので資格マニアにはオススメする。僕はプロサウナーを目指します。

(た) タクシー

空港で拾ふタクシー仏桑花

東京都のタクシーの初乗り四二〇円は本当にありがたい。ちょうど駅から家までがワンメーターなので、酔った帰りはすぐにタクシーに乗ってしまう。たまに家の目の前でメーターが上がることがあるが、五百円玉で払うときはお釣りをもらってないので、運転手にとってはどっちが得なのかはわからない。

酔っているときは、なるべく上機嫌が持続するように簡単な移動方法を選ぶ。歩いた方が早い距離でもタクシーに乗るのが、酒飲みの矜持だ。二次会の店が決まらずにだらだらと居座る団体はサイアクだ。邪魔だよ、お前ら。団体行動なんて疎開のときだけで充分だ。

子供のころから乗り物には興味がなかった。電車もバスもバイクも車も単なる移動手段だとしか思ったことがない。デパートの屋上の百円で動く乗り物も、移動しない乗り物に何の意味があるのだろうと、決して近づかなかった。ガンダムにも興味がなかったのは、ロボットも広い意味で乗り物だと思っていたからだろう。

向日葵の匿ってゐる事故車かな

免許は身分証明書用に取ることは取ったが、教習所でこんなにつまらなそうに運転する人は初めて見たと言われた。路上試験でもナンバープレートを裏返しにしたままだったが、教官には東京に戻ったら運転なんかしないと説得し合格にしてもらった。いまではペーパーでゴールド免許になったが、実は二度ほど事故を起こし二台とも廃車にしている。人の車だったので、あわせて三百万くらい払った。壁やポストにぶつかっただけなので幸い怪我人はなかったが、横や後ろを見ないで運転するのだから、人ぐらい轢いていてもおかしくはない。三度目の正直になるよりもタクシーは安いと思うのである。

(に) 仁侠映画

中元は血のつく発泡スチロール

「死んで貰います」

　この台詞の暴力性と礼儀正しさよ。男が男に惚れる美しさは様式美にあると思う。僕は高倉健が大好きだった。世代的にはすでに伝説的な存在だったが、たまたまテレビで見かけた高倉健に僕は夢中になった。『網走番外地』の歌が放送禁止になったり、いわゆる不適切発言が問題になったころだと思う。ヤクザ映画に道徳を持ち出すナンセンスには驚くばかりだが、テレビでも任侠映画はほとんど放送されなくなっていた。

『昭和残侠伝』シリーズだっただろうか。初めてお目にかかる健様に僕は正座をした。子供なりの渡世の仁義だ。こっそり一人だけで殴り込むはずのシーンに池部良が都合よくあらわれたときの胸の高鳴りよ。世の中はこうであって欲しいと思う僕の願いが、一瞬で満たされた気がした。

とはいえ前述の理由でテレビでは同シリーズが観られない。レンタルビデオ屋にいけば借りられたかも知れないが、僕は生涯一度もレンタルを利用したことがない。返すのが面倒くさいし、本気で観たいものは買えばいいと思う。ゲームや本の貸し借りも気持ちが悪い。特に本はその造形美もあるので、好きな本は手元に置いておきたいと思う。拙著もできれば買って欲しいなあ。うじうじ。

やっぱり健様は伝説なのか。そんな煮え切らない気持ちでいたところに、朗報が飛び込んできた。デアゴスティーニである。あの暇なクセに外出を厭う贅沢な老人しか利用しないと思っていたデアゴスティーニが仁侠映画のシリーズを始めるというではないか。よし、僕も怠惰な老人になろう。毎月、健様が殴り込んで来てくれるなんてドキドキするではないか。

初回は『網走番外地』。嵐寛寿郎の演じる鬼寅さんがカッコ良過ぎじゃないか。「あんたを殺してアタシも死ぬよ」(みたいな台詞だった気がする)。なんだこのスゴさ。うまく巻き戻しできないＤＶＤで、前後のシーンを挿みながらなんども同じシーンを凝視した。ＤＶＤだから巻くじゃないな、何戻すって言うんだ？　円盤は不便で仕方ないネ。

島田正吾も渋かった。聞き取りづらい低音ながら、一語一語が粘りついてくる味わい深さ。たまに酔っぱらうとマネをするが、誰もわかってくれないさみしさよ。

「おらーなー、おめーたちのことなんかしらねえええんだよ」

そして何よりも惚れこんだのが鶴田浩二である。カッコいい役なのでカッコいいに決まっているのだが、それを通り越したカッコ良さ。奥歯を噛み殺す我慢の演技がたまらない。ぷるぷるぷるぷる、もー、監督の意地悪。アップになったときの頬のひくつきはキリスト以上に原罪を背負っていてくれる気がする。男の色気は我慢なんだよなー。礼儀も作法も己を殺すからカッコいいのだ。いい加減な僕が唯一緊張するとしたら天皇陛下と鶴田浩二だろう。半径五メートル以内に来てくれたら泣いてしまうと思う。ジブリとかゴジラなんかに騒いでないで、日本人なら任侠映画を見るべきだ。特に『博奕打ち 総長賭博』は傑作中の傑作なので観ないと損である。

余談だが菅原文太は、にぎやか過ぎる気がしてあまり好きではない。役の上の話なんだけど。いずれにせよ「耐える」ことが島国でやっていく最後の美学であると思う。

NIKKA
WILKINSON
VODKA
40°

和子

く クラミジア

傷口をさすれば秋が深くなる

青春の代償。三回ほど罹病したことがある。一番ひどいときは菌が奥まで入ってしまい、睾丸がサッカーボール大になった。もちろんまともに歩けないので、会社を休んだ。睾丸のレントゲンを撮られたのが自慢。何が写っていたかは覚えていない。

も もぐさ

水よりも火を恋しがる曼珠沙華

お灸に使うヨモギの葉つぱ。

健康グッズマニアの僕は、百均コーナーのツボ押しなどのプチグッズはもちろん、カッピングのセットや、置き鍼まで自宅にそろえている。健康そのものには興味がないが健康グッズには興味があるのだ。お灸はもちろんマストアイテム。なんでも二〇〇〇年の歴史があるそうだ。あんな熱いものが体にいいなんて昔の人の発想力に拍手を送りたい。もともとは、いじめや体罰で始めたんだろうけど。「お灸をすえる」なんて乙な言い方だね。

お灸は熱ければ熱いほどいい。なんでも過剰を好むのが北大路的常識である。落語の「強情灸」もいいね。志ん生のが極上だ。「ぬるくて、足に湯が食いつくね」なんてね。

市販のものでは「にんにく灸」がおすすめ。実際ににんにくが使われているかどうかはわからないが、破壊力は最強クラス。お灸の痕にぷくっと赤い水膨れができると効いている気がする。SMでは火傷を唯一のNGプレイにしているが、お灸の火傷は可愛らしいくて許せる。足三里のツボは奥の細道を歩くときに、芭蕉も押していたらしいので、俳人的にも覚えておきたい。「ひざのお皿のすぐ下、外側のくぼみに人さし指をおき、指幅四本そろえて小指があたっているところ」だ！

(き)

危篤

頭打つときは仰向け天高し

傷だらけの人生。男の傷は誇った方がいい。本当に強い男には傷がないかも知れないが、僕はぼろぼろで弱さを自覚した男でありたいと思う。幼少時に斜めに切った竹を踏んで足に穴をあけて以来、切傷、刺傷、骨折なんでもござれでここまで生きてきた。頭、背中、腕、足、すべてに縫った痕がある。無事なのはおっぱいぐらいだろう。バイクから落ちたこともあるし、車に轢かれたこともある。中でもやばかったのは階段から落ちたときだ。その日は、当時好きだった横浜マリノスの井原正巳の引退試合で、正月休みだったこともあって朝からひたすら酒を飲んでいた。

「いはらーいはらーいはらー」

叫び続けているので当然喉もかわく。試合後も涙を隠すために飲み続け、歌いながらスタジアムから居酒屋に移動した。

あの頃の僕らの飲み方は滅茶苦茶だった。飲み物はメニューの頁単位で頼み、机いっぱいに酒が並ぶ。誰が吐こうが関係ない。最後は産卵するウミガメのようになるまでひたすら前のめりに呑んだ。

「頭痛えなあ」

またひどい二日酔いだと思い、頭を押さえようとするが手が動かない。

「あれ?」

手どころではない。全身がベッドに縛りつけられていて身動きすらできない。なんだこりゃ? 考えようとすると頭に激痛が走る。どうやらここは病院。聞くところによると、階段から落ちて救急車で運ばれてきたとのこと。暴れて帰ろうとするから縛りつけられたようだった。

発見時は居酒屋の雑居ビルの非常階段の踊り場で、頭から血を流して倒れていた。なんでそんなひと気のないところにいたのかも全く覚えていない。一緒に呑んでいた奴らも突然僕がいなくなったので探し、倒れているところを見つけたそうだ。その中に自衛隊の奴がいたのが幸いした。中途半端に搬送されていたら今の僕はこの世に存在しないだろう。実際には頭蓋骨骨折とくも膜下出血で危篤だった。酔っ払いの無邪気さというか悪運が強いというか、僕は奇跡的に目を覚ました。

とどまればあたりにふゆる蜻蛉かな　　中村汀女

それからは無意識でストッパーがかかるようになり、酒の量がだいぶ減った。本人は反省していなくても、体は生きようとするようだ。人間ってしつこいねえ。

大変な出来事だったが、死んだら何もないということを体験できたのはありがたかった。あれを「無」というのだろう。怖くも悲しくも楽しくもない状態。もちろん痛みもない。無がいいか悪いかわからないけど、とにかく無ってなんなんだろうね。

いまでも階段が怖くて、手すりがないと降りられない。

キーパーの背中秋から冬になる

り　理不尽

尖るほど折れやすくなる枯木立

人生なんてそんなもん。

む 昔

石段の小さな補強十二月

僕にとっての昔とは、憧れるほどに遠くなるもの。

子供のころに戻ってもう一度人生をやり直したいとは思わないけれど、過去のことはみな美しく見える。過去っていうのは都合のいいもんなんだ。うっとりする不可避の存在。

過去に起きた事実は変えられない。変えられたら日本も戦争に負けてないし、僕もこんなにギャンブルで悩んだりしていない。当たり前だ。ところがその過去を体験していない人にとっては過去は過去ではない。ほとんどの過去は個人の記憶に紐づけられた記憶なのだ。

過去は都合のいいもんだ。自由に脚色した過去を僕たちは昔と呼んでいる。大袈裟に昔を語る気持ちの良さは誰でも経験があるだろう。

昔は酒が強かった、昔は喧嘩が強かった。ああ、これは昨日の僕の台詞だった。ださいねえ。

成功していない人の方が昔話を好きだと思う。昔話は、人生の岐路で選ばなかったもう一人の自分を思い出してあげる旅だと信じている。

ろ ロンサム・ジョージ

復讐をするために来る鶴一羽

動物に乗って移動したいと思っていた。車やバイクなどのモーターで動く乗り物はみな野蛮。我が物顔して排気ガスを撒き散らす有害な存在だ。交通事故だってほとんどあいつ等の責任だ。それに比べ動物に乗る優雅なことよ。高い馬の背から見える景色も別格だったであろう。ちょっと前までは馬で移動していたのに、つまらない時代になったものだ。

乗れる動物というとすぐに馬や駱駝などが思いつくが、僕がおしゃれだと思うのは亀だ。漫画『おぼっちゃまくん』で見て思わず膝を打った。実際に亀に乗った人を見かけたことはないが、物理的には充分可能だろう。大きな亀なら一頭、小さな亀なら何匹か繋いで（漫画はこちらだった）亀の橇《そり》にする。自分で歩くよりも遅いものに身を託す遊び心に拍手を送りたい。通勤のシーンを想像するだけでも痛快だ。どちらの亀が優れているか喧嘩する子供や、校舎の亀留（？）で主人を待つ亀の群、そして遅刻の理由を怒れない先生など今の世の中に足りない余裕がそこにはある。急がば回れ、回ったって目が回るだけだ。根本的に解決するには急がないことだと思う。のんびり生きられる大人が一番カッコいい。

砂よりも枯れて冬眠中の鼻

亀は一人暮らしを始めたときにパートナーとして飼い始めた。乗って移動できるほどの大きな亀ではなく、ペットショップの陰でおびえていた小さな亀である。中日ドラゴンズにいた中村紀洋に似ていたので、そのままノリヒロと名付けたが、あとからメスであることが判明した。

ノリ君は僕に勝るとも劣らぬ怠惰な性格で、一年の半分以上を冬眠していた。手間のかからないことが亀の良さである。水槽の水もほとんど替えなくても大丈夫だし、餌を数週間あげ忘れても怒ることはない。触れ合うのだって買って来たときと、お別れをするときだけだ。ペットはアンタッチャブルなペットがいい。犬とか猫を室内で飼っている人の気持ちがわからない。触れ合いたいなら人形の方がかわいいし、清潔なのにね。

ある日、あまりにも水槽が臭いなと思ったらノリ君が死んでいた。冬眠ではなく永眠だったらしい。甲羅を持ち上げると首と手足がだらんと垂れたので、三角コーナーに捨てた。ノリ君の水槽は、彼じゃなくて彼女がいたままの状態で残っている。

次は大きなリクガメを飼いたいが死んだら大変そうだ。歌舞伎町で亀に乗りながら俳句を書くのはしばらく先になるだろう。

こ　恋人

百均を行き来しながら障子貼る

付き合うということがわからない。知人と友人と恋人の何が違うのだろうか。友人とセックスをしてもいいし、男女だってどちらでもいい。法律的な血縁関係を除けば、他人との関係は仲間か仲間ではないかのどちらかの関係しかあり得ないと思っている。好きな奴は仲間、嫌いな奴は非仲間だ。

僕は恋人という言葉を使ったことはない。仲の良かった子と何度か同棲したこともあるが、ただの同居人としか扱わなかった。

彼氏、彼女という言い方も気持ちが悪くて吐き気がする。よく「彼氏いるの?」なんて口説いている奴がいるが、ビール瓶でぶん殴ってやりたくなるよ。お前が欲しいのは目の前の女だろ。いたからどーだっていうんだよ。彼氏がいるかいないかなんてあとから確認すればいいじゃないか。ちなみに僕が「彼女いるの?」と聞かれたときは「彼女何人いるの?」と聞き直せと説教することにしている。うーん、あんまり気がきいてないか。

恋人というのはお互いの倫理観で縛り付け合うつまらないルールだ。己に自信がないので、「好き」を担保するためだけの約束事を作るのだ。浮気なんてするに決まってるだろ。女遊びをするために、頑張って働いているのだ。

凍らせてあるから恋が動かない

かくいう僕も一度だけ本気で好きになった子がいる。その子のときも、浮気をしまくっていたが、何度目かの浮気のときに、突然怒られて話を聞いてくれなくなった。浮気もできない男より、浮気をする男の方がいいだろう? 僕は謝らずにひたすら女に戻ってくるように説得したが、女は戻ってこなかった。何が悪かったのだろうか。何度も自問するが、いまだに答えがわからない。

数年後に新宿駅で見かけたときは嬉しかった。お互いにすぐにあの人だとわかった。

「相変わらずガラ悪いねー」

そう言って笑う彼女は、一児の母になっていた。競馬に行く途中だったので、メインは彼女の誕生日の馬券を買った。五月十日なので、5-10。当たったらヨリが戻せるかもしれない……。なんてね。純粋だなあ、僕は。

勝ったのは17のショウワモダン。「なんだよ俳句(十七文字にちなんで)かよ」とふてくされていたが、その馬の鞍上は後藤(5《ゴ》・10《トウ》)浩輝であった。

謝れば戻る日々かも懐手

(け) ケーキ

十字架を打ち込むための聖樹かな

ケーキは不思議な食べ物だ。金銭的には飲みに行くよりは安いと思うが、中年のおっさんからは一番遠い存在に見える。いまでもクリスマスとか誕生日とか(クリスマスも基督の誕生日か)特別な日以外は食べてはいけないような気がする。

女性が一人で牛丼屋やラーメン屋に入りづらいのと同様、男性はスイーツに手を出しづらい。スイーツといえばまだカッコがつくが、ケーキというとたんに数倍恥ずかしくなる。なんだろう、ケーキの持つ幼児性なのか。あんなにカロリーの高いものは幼児というより熟女なのに。なぜかケーキからは幼児を連想してしまう。僕だけなのかなあ。

僕の子供の頃の、同学年の女の子のなりたい職業はケーキ屋さんかお花屋さんだった。いまではYouTuberなんて答えるガキがいるようだが、親の顔が見てみたい。そんなガキからは携帯やパソコンを取り上げた方がいいと思う。キャバ嬢と答える女の子もいるそうだが、その子はデビューが楽しみだ。ご両親を褒めてあげたい。年齢は若ければ若いほど有利なので、歳をごまかして早めにデビューするんだよ。おっと話が逸れてしまったが、僕の頭の中では「ケーキ＝ケーキ屋さん＝女の子」の図式が出来上がってしまっているようだ。女の子と中年のおっさんが釣り合うわけがない。

クリスマスケーキ持込料千円

それでも毎晩飲み歩いているといろんな人のバースデーに出くわす。僕は酒飲みだが、甘いものも好きなのでケーキは嬉しい。シャンメリーじゃなくてシャンパンで食べるケーキなんて最高だね。

僕は三十九歳を最後に誕生日会をやめてしまった。四十歳以上の人生を想像したこともなかったし、落ちていく日を祝うのも嫌だなと思った。四十歳のときは生前葬にした。白塗りするだけのでたらめな生前葬。そして今年の四十一歳の誕生日は誰とも会わずに過ごした。ボートで十万くらい負けて、誕生日と没日が同じだったら面白いなと力なく笑ったっけ。

もう僕には記念すべき日がない。死ぬ前には一人でケーキを食べにいこうと思う。

ⓗ ひみつ×戦士 ファントミラージュ！

初花や無敵の笑顔に会ひ行く

ガールズ戦士シリーズの第三作目『ひみつ×戦士 ファントミラージュ！』。前作の『魔法×戦士 マジマジョピュアーズ！』のときからチェックしているが、これを日曜日の朝にホテルのテレビで見るため（我家にはテレビがない）に旅行に行っているといっても過言ではない。

シリーズの共通点はダンスが多いこと。変身後に踊ったり、敵に止めを刺すときにこれでもかというぐらい踊りまくる。変身は全員同時ではなく個人個人に踊りのシーンがあるので、三十分番組の半分は変身後のアッピールに使われる。変身のために踊るのではなく、変身後の自分のテンションを上げるための踊りだというのが素晴らしい。死ぬほど笑顔をふりまいてくれるので、おじさんは嬉しくておしっこをもらしてしまう。犬などにみられる、俗にいう嬉ションである。**完ッ全に始まってる！** ね。

天鈿女命《アメノウズメ》とか卑弥呼とかも同じことをやっていたはずだ。彼女達は現代の日本に復活した女神だと思う。儀式的な踊りは日本的にも**ファントミ的にもアリ！**　だ。

花吹雪いけないい心頂戴す

中でも桜衣ココミの女神度は群を抜いている。ピンク色を着ているだけで一・五倍増しだが、おちょこちょいなところも神様らしくてついつい両手を合わせて拝んでしまう。彼女が失敗して困った顔をしていると、一緒に悲しい気持ちになるし、活躍したときは頼もしくて涙が出る。二日酔いのときはもう泣きっぱなしだ。ちなみにピンクは僕のラッキーカラー。ピンクのものを何か持っていないと落ち着かないくらいピンクが好きだ。一年の始まりの春の桜の色であるし、人間の始まりである女性器の色でもある。赤と白、つまり日の丸を混ぜた色というのもロマンがあって美しい。

君の名を呼べばあたりに花の満つ

変身ダンスで周りに「コッコッミ、コッコッミ」と名前を連呼させるところも宗教的で**ハートがファンファンする**。ファンファンはＦＵＮＦＵＮであり、不安の謂だ。心の昂りの本質をよくわかっていると思う。昔、全自動麻雀卓のコマーシャルで、畑正憲が「使いやすさにファンも増えて」という台詞をゆっくり発音しすぎて「不安も増えて」に聴こえたことを思い出す。

グッズが多いのも、儀礼のために祭具が多かったことを思えば気にならない。コスチュームがすべて一三〇センチ以下のサイズしかないことだけが不満だが、どこかで子供でも借りてくるか。どうしても自分で着てみたいけれども。おかげで僕の部屋は使い道のないファントミグッズでいっぱいである。

大きなお友達として、女神の活躍を願っている。**守りたい大切な人を!**　だね。

太字はそれぞれのキャラクターの決め台詞です。全部わかった人はもう少し違う知識をつけた方がいいと思います。

ⓣ トイレ

頻尿の人としゃがんで潮干狩り

一時間ごとにトイレに行く。あまりに近いので気のせいかとも思うが、きちんと出るものは出るので、よほど溜め込むのが嫌いなのだと思う。金と一緒だ。持っていると気持ちが悪い。

一時間は微妙な時間だ。映画だと一時間以上あるのでちょうどいいシーンでトイレに行くことになる。ライブはモッシュの中を掻き分けていかなければならない。屍派の句会がスピーディーなのはトイレのためかも知れない。マラソンの選手なんかはどうしてるんだろう。垂れ流しなのかなあ。

近頃テレビにもよく声をかけてもらえるようになったが、トイレが一番困る。本番前になるとどうしてもトイレが気になってそわそわしてしまう。緊張をしているわけではないが生真面目なのだろう。電車も駅ごとにトイレに寄らないと落ち着かない。ハイセイコーの主戦騎手だった増沢末男はレースごとにトイレに行きたくなるので、医者に相談したところ、健康の証だと一笑に付されたらしい。出た方がいいのはパチンコだけじゃないのか。

囀りのボタンが鳥のゐない部屋

トイレに入るとほっとするというのはよくわかる。気忙しい世の中でトイレの個室は唯一のオアシスなのだろう。男性でも小のときに個室を利用する人が増えているという。せっかく一人になれたのだから、携帯なんかいじらない方がいい。SNSは最悪だ。トイレの中でも人とつながりたいと思うのはもう変態だと思う。隠れた露出癖だろう。トイレの中ではそっと目を閉じて深呼吸をすればいい。世の中のうさん「臭さ」がわかるだろう。

い

伊東

七夕に出会ひ毎週会ひに行く

はなちゃんのいるところ。温泉街のスナックで一目惚れした。旅費を足しても新宿で遊ぶより、安いし楽しいし、最近は毎週伊東や伊豆方面に向かっている。文士は伊豆を目指す。テレビにもスナック訪問の企画を提出した。どうなることやら。

ぬ

糠漬け

食べてから薬味に気づく冷奴

糠漬けは何度か挑戦したが、すぐにダメになってしまった。冷蔵庫に入れるには場所をとるし、保存が難しい。床下が涼しかったり、昔の日本の家屋の素晴らしさに敬服する。なんでも手作りがおいしい。自分が食べたい味を自分で作るのだからうまいに決まっている。料理が好きというより、酒飲みはマメなのだと思う。肴は特に自分好みにこだわりたい。スーパーのお惣菜なんか買ってきても気にいらないので、びしゃびしゃに醤油をかけてしまう。

今年は初めて味噌作りにチャレンジした。欲張って一気に一〇キロも作ったので大変、大変。一日中圧力鍋で豆を炊きまくりの、潰しまくりだった。あまりの重労働のため、味噌作りの検索で見つけた「味噌、味噌、味噌、手前味噌」という脱力系の歌が頭から離れなくなっていた。味噌作り小屋はこうやって、働き手を洗脳したのだろう。

扇風機菌にやさしき風送る

クーラーもない家だが、いまのところ腐らずに順調に麹が発酵している。糠よりも味噌の方が暑さに強いのかも知れない。来春の完成が楽しみだ。

㋒ ウーロンハイ

ウーロンハイ一人も悪いものぢやない

ウーロン茶を飲んでもウーロンハイの味がする。そもそもアルコールの入っていないウーロン茶なんか存在するのだろうか。

乾杯のビールは別としても、人生で何回ウーロンハイを頼んだかわからない。年間三百日飲むとして、一日五杯だと一五〇〇杯、二十年以上飲んでいるので最低でも三万杯はウーロンハイを飲んでいることになる。一杯五〇〇ミリリットルだとしても、十五トンは飲んでいる。十五トンといってもわかりづらいので、調べてみたら、オスプレイ一機がちょうど十五トンらしい。なるほど、あれはウーロンハイが飛んでいるのか。どうりで墜落するわけだ。

ウーロンハイに魅かれるのは味ではない。むしろ味ならハイボールの方がおいしいと思う。ウーロンハイは「泣き」である。人間の悲哀を具現化したものがウーロンハイなのだ。

茶色という地味な色合いも、炭酸が入っていない元気のなさも理不尽から耐える人間の姿に重なって見える。

句集のタイトルを「ウーロンハイ」にしようと思ったこともある。居酒屋に本を積んでおいて「ウーロンハイ下さい」と言われたら本を売るつもりだった。編集担当に怒られたので諦めたが、怒られるのがウーロンハイらしいなと一人で嬉しくなった。

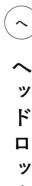

㊇ ヘッドロック

長き夜の音低くしてテレビ見る

僕の小中学生時代は何度目かのプロレスブームだった。細かく分裂する前だったので、団体は新日本プロレスと全日本プロレスにほぼ二分されていた。僕は圧倒的に全日派で、どちらかというと地味なスタイルのプロレスに魅了されていた。放送時間も新日は土曜日の夕方で全日は日曜日の深夜。ビデオに録画して観ていたが、野球中継の延長などがあると、試合のちょうどいいところで切れていることもあった。

子供の頃のこんな納得のいかない失敗はいくらでも思い出せる。僕が世の中を斜めに見るようになったのは失敗のおかげだ。

全日の良さは試合時間の長さと、技の少なさだ。最初の十分は力比べとヘッドロックの応酬。たまに意味もなく、リングの外に出て鉄柵に投げられたりもする。僕にはこの焦らしがたまらなかった。ある種の様式美だと思う。ビデオなので早送りできるが、早送りは決してしなかった。さほど筋肉質にも見えない中年が、くっついたり離れたりしているのを毎週毎週夢中になって観戦していた。

きっかけがわからないのがうまいと思う。突然試合のテンポがアップして、レフリーのジョー樋口が忙しくなる。「カウント二・九九八」アナウンサーの絶叫が響きわたるもスリーカウントはなかなか入らない。ワン、ツーの間の一秒と、ツー、スリーの間の一秒が違うのがジョー樋口の真骨頂だ。ちなみにこのとき絶叫していたのが福沢ジャストミート朗。元・日テレのアナウンサーの福沢朗である。当時はプロレスニュースなる、コミカルなコーナーも担当していた。たまに悪ふざけが過ぎる回があって、昔のテレビのおおらかさをほほえましく思う。個人的にはジョー・ディートンという微妙な外国人レスラーをおちょくるのが大好きだった。プロレスラーなのに通り名が「いい奴」だった。

ディートンはいい奴だから文化祭

そして試合も終盤になると必殺技のお披露目である。ジャンボ鶴田のバックドロップ、三沢光晴のタイガースープレックス、小橋健太のムーンサルトプレス、テリー・ゴディのパワーボムなどなど。選手の名前と一緒に必殺技を思い出す。ダニー・スパイビーのスパイビースパイクはただのDDTだという批判もあるが、スタン・ハンセンのウエスタンラリアットは強烈だった。彼が左腕のサポーターに手をかけたときは試合の終わりだ。

「ウィ〜」

よく真似したなあ。ハンセンに憧れて左利きになりたいと思ったこともある。今でも彼が僕のナンバーワンレスラーだ。

す すっぴん

顔面に千の毛穴や虫時雨

すっぴんのぼんやりした顔が好きだ。あんまり化粧はしなくていいと思う。性別がはっきりわかるのが嫌なんだろうな。ザ・女みたいな女っぽい人も顔も苦手だ。男っぽさとか女っぽさとかにこだわる人はほかに誇れるところはないのだろうか。ギャルが好きなのは、あそこまで飛びぬけると性別を越えた感じがするからだろう。

整形はしてもいい。むしろしたかったらどんどんすればいい。反対する人の理由がわからない。医療だからね。気に入らないところは直せばいい。反対する人は病気になっても病院にいかないくらい徹底して欲しい。

ところで整形後も化粧をしなければすっぴんと呼ぶのだろうか。歯がない僕が気にすることじゃないけどネ。

ゑ

遠慮

寄せ鍋のどの具も一切づつ残る

個人の満足度を上げて、全体の満足度を下げる行為。

ゆ

雪

飛び降りの長さの雪の降り続く

歌舞伎町にも雪は降る。コマ劇の跡地を降る雪は永遠に飛び込み自殺を続ける少女のようだった。僕たちはどこに立っているのだろうか。歌舞伎町には地面がない。汚れた雪は溶けゆくのみ。雪は真白でなくてはならない。雪は汚れてはならない。僕たちは汚れてしまった。雪に埋もれているうちに、また白くなれるだろうか。
あの日——二〇一二年二月二十九日閏日、幻の一日に降った雪は、まだ降り続いている。

わ ワンコイン

歳末の油の光つてゐる下水

ラーメンが高価過ぎる。あんなもんはせいぜい五百円がいいところだろう。千円を越えたラーメンに至ってはもはや狂気だ。

やたら声がでかいアンちゃんがやってる店も大嫌い。声の大きさと元気さは違う。ラーメンぐらい静かにつくれないのかねえ。頑固さがウリの愛想のない親父もダメだ。ラーメンなんかでなぜあれだけ偉そうにできるかのか不思議でしょうがない。高血圧で早死にすればいい。

『彦龍』の親父が死んだときは悲しかった。彼はまずいラーメンを作ることで、ラーメン至上主義に一石を投じたと思う。もう誰も覚えていないだろうなあ。
チャーシューなんかもいらない。安い肉を無理矢理やわらかくした塊なんか食べる気にならないよ。メンマも歯に挟まるだけなのでいらない。ラーメンの具は葱だけでいい。葱はばんばん入れて欲しい。一郎だか二郎だか知らないけど、あそこで出しているものは見ているだけで胃がもたれる。はっきり言って不愉快だ。食べ物を粗末にしてはいけない。

替玉の薄き小皿や去年今年

何度でも言おう。すべてのラーメンは五百円にするべきである。その点、『博多天神』は五百円で替え玉もつけてくれる優良店だ。はやく出すことだけを徹底していて、店員に特別なやる気がないところも最高だ。歌舞伎町には博多天神があればいい。

さ

サウスポー

新入生お前に言はれたくはない

ピンク・レディの『サウスポー』の曲に載せた中日ドラゴンズのチャンステーマ。「みなぎる闘志を奮い立て、お前が打たなきゃ誰が打つ、今〜、勝利を摑め〜、オイ、オイ、オイオイオイ」と一番盛り上がるはず……であった。ところがところが、突然の「お前」騒動である。与田剛監督の心無い一言で自粛に追い込まれてしまった（本当のところはわからないけどネ）。「お前」のどこがいけないのだろうか。こんなに鼓舞される「お前」はあるまい。Aクラスに残ったら、クライマックスシリーズで僕一人でも「お前」を連呼してやろうと思っていたが、どうやらいまの成績ではAクラスどころか最下位を避けるのがやっとだろう。むしろチームが弱いからこんなつまらない騒動が起きるのかもしれない。

過保護は単なる責任逃れだ。子供は大人が思っているより賢いし、丈夫だよ。野球場で野次を聞いたからと言って野蛮に育たないし、拾い食いしたって病気にならない。

場所取りのシート剝がして花の下

だいたい野球はスポーツといっても勝ち負けのある勝負なのだから鉄火場だ。女子供に安全な鉄火場なんてない。ゾーニングさえできていれば、酒や暴力まみれの応援があってもいいと思う。僕もJリーグで横浜マリノスのサポーターをやっていた時代があったが、他のチームのサポーターと喧嘩ばかりしてたよ。暴れるのが仕事みたいなもんだな。SNSでは「くたばれ読売」の合いの手をやめようなんて、バカみたいな投稿があるが、野球なんて野次りに行ってんだよ。アンチ巨人だって一つの伝統だ。巨人を権力に見立てて否難する、そういう遊び。まあそんなことよりしっかりしろよドランゴンズ。

る

ルーズソックス

汗をかく仕事と汗を売る仕事

履き潰したルーズソックスほど美しいものを僕は知らない。彷徨、怠惰、嫉妬、挫折など青春時代にしか味わえない感情がそこにつまっている。

僕がナンパ師としてストリートに立ち始めたのはギャル文化の最盛期をすこし過ぎたころだった。クラブ等の規制が厳しくなったり、「まったり」なんていう弱気な言葉が流行り始めた頃だ。「まったり」というのは、不景気の象徴だと思う。簡単にいうと、金を使って遊びに行かず自宅で彼氏と過ごすことを「まったり」という。問題なのは、彼氏と過ごすイコール不特定多数の相手とセックスすることがダサいとされてしまったことである。それまでのストリートの価値観は、体験人数が多ければ多いほどカッコいいとされていた。セックスはスポーツ感覚で、「ヤル」よりも「打つ」と言っていたなあ。「打ちてしやまん」の精神である。エイズなどの性病が蔓延し始めたのも行きずりセックスに歯止めをかけていたようだ。

僕のナンパは単純だ。ビルの谷間を夕日が沈む頃から街に出て、ひたすら飲みに誘う。百人くらいに声をかければだいたい一組ぐらいはひっかかる。あとは飲み放題の安い店に行って、適当に飲んで適当に打つだけ。ホテルには行かない。トイレだったり、非常階段だったり、ひどいときは居酒屋のテーブルの下に隠れてしたこともある。墓場でヤッたときは噂が広まり、なぜか雑誌に取材されたりもした。これが僕の雑誌デビューである。「夏の変わったセックス特集」だったっけな。

妻よおまえはなぜこんなに可愛いんだろうね　橋本夢道

ほとんど復讐だと思う。僕はどこかで女を馬鹿にしている。怖がっているのかも。馬鹿な女を杜撰に扱うことでコンプレックスを隠していたのだろう。

でも、本当は制服が抱きたかっただけなのだ（僕は「抱く」という言葉が好きです）。高校が男子校だったので、制服に異常に憧れていたのだと思う。この頃、僕はすでに二十代の前半が終ろうとしていた。いまより世の中がおおらかだったとはいえ、さすがに制服の子は居酒屋に連れていけなかった。その場限りの関係がナンパの鉄則だ。翌日に制服を着てきてもらうこともしなかった。そして今では女子高生の父親の年齢になってしまった。ルーズソックスの饐えた匂いはそのまま僕の青春の匂いだ。

夏みかん酢つぱしいまさら純潔など　　鈴木しづ子

お

温泉

混浴の端つこにゐて緑濃し

中年の嗜み。ただ裸になってぼーっとしているだけなのだが、それが無性に愉しく思えるようになった。

ここ二、三年でかなりの温泉地を訪ねたと思う。心が歌舞伎町を離れたがっているのかも知れない。北から順番にいったところを振り返る。

北海道はスーパー銭湯のみ。ススキノから出ないので仕方がない。知り合いの車があるときは何箇所か連れて行ってもらったことがあるが地名は忘れてしまった。

東北は山形と仙台に行った。山形はお正月の雪の中で風情があった。男湯にもろ女性器のかたちの岩が飾ってあった。宿が貸切だったので、男湯と女湯の両方を味わった。お湯は熱めで気持ち良し。仙台は、町からすこしはなれた秋保温泉。ホテルの日帰りの湯にお邪魔した。館内で迷子になるような立派なホテルだったが、入浴料は千円以下だった。新緑の頃で川のせせらぎが素晴らしかった。

北関東は茨城の袋田温泉と群馬方面の伊香保と草津。袋田温泉は野趣のあふれる露天だったが、あふれすぎて虻に刺された。全裸で虻が近寄ってきたときの恐ろしさよ。伊香保はバスだと楽なので二度ほど。残雪の石段街を雪駄で歩いたときはドキドキした。演者と絡める古き良きストリップも体験。お湯はちとぬるめ。草津は酸性バキバキのハードコアでお気に入り。身体に良いか悪いかはよく分からない。

山梨にも行ったな。中央線を乗り過ごせば着いてしまうところなので旅気分は無し。春先は桜や桃のピンクでわくわくする。スナックは外人ばかりで、呼び込みも積極的なのでいまいち。

はなちゃんに会ひたい花火のない夜も

静岡方面は月一以上で通っている。河口湖は突然富士山が見たくなって痛風を我慢して出かけた。山から吹き降ろす風が冷たくて驚いた。比較的新しい温泉地なのだろう。子供の頃は河口湖に温泉はなかったはず。ほうとうはおいしいが待ち時間が長いので短気な僕には向いていない。熱海、伊東は近いので近所の銭湯に行くぐらいの気分。スナックが多いので夜が愉しい。温泉のおかげで、はなちゃんとも出会えた。夏は花火も。稲取まで足を伸ばすと金目鯛がおいしい。新居町は浜松競艇のついでに。海から丸見えなので水着を着て露天に。開放感が嬉しい。夜は遊ぶところがない。

関西は仕事がらみが多いのでサウナがメイン。京都のスーパー銭湯は四条河原の真ん中で便利だった。

四国は俳句関係で年に二度ほど。松山の道後温泉が有名だが、浴槽は地味。それでも行くたびに寄ってしまうのは何かがあるのだろう。肌はすべすべになった。

九州はゴールデンウイークに一週間ほど滞在。温泉は別府が抜群によかった。町全体に温泉パワーがあふれていて、散歩しているだけでも元気になる。飯は肉も魚もうまかった。

また行きたい。

甚平と下駄でマイ風呂マイサウナ

地元は荻窪の『なごみの湯』と高井戸の『美しの湯』のローテーション。歌舞伎町にいるときはもちろん『テルマー湯』だ。通っているところがあると、のぼせ加減などで自分の体調がわかるからありがたい。なんか温泉の企画やりたいなあ。

ふ フリテン

リーチ棒出せば耀く大西日

去年（二〇一八年）で一番のニュースはMリーグが開幕したことだと思う。Mリーグは麻雀のプロリーグで、以前の麻雀ファンには夢のような話だ。

麻雀はどうしてもギャンブルのイメージが強く、スポンサーがあらわれないと思っていた。それをサイバーエージェントの藤田晋社長が根底からひっくり返してくれた。自身の運営するAbemaTVで麻雀の放送するなど、麻雀愛のある人だと思っていたが、ここまでやるとは思っていなかった。まさに偉業だと思う。

僕もAbemaTVで麻雀熱に再び火がついた一人だ。プロ雀士による解説が面白く、二十年前とは技術も読みの精度も格段にレベルが上がっていて画面から目を離せなくなった。ドラゴンズが不甲斐無いこともあり、夜はナイターではなく毎晩麻雀チャンネルを視聴するようになった。僕らの頃は、近代麻雀ぐらいしか麻雀の情報誌がなかったのに、無料でプロの対局が見れるとは。

見始めると当然好きな選手も出来てくる。僕が最初に好きなったのは佐々木寿人だ。攻撃的でテンポがよく、観戦していて気持ちがいい。細長いすっとした体型も勝負師っぽくて雰囲気がある。そんな彼はもちろんMリーガーに選ばれた。KONAMI麻雀格闘倶楽部《マージャンファイトクラブ》の一位指名である。推しの選手が選ばれる嬉しさよ。

それからMリーグはほぼ全試合見た。好きな選手もどんどん増えた。二十一名全員のファンだといっても過言ではない。彼らの素晴らしいのはみなキャラ立ちしていることである。プロなのだから当然だと思うかも知れないが、もし俳句のプロリーグができたら、お客さんを満足させられる俳人はいるのだろうか。最年少の松本吉弘も『初代Mリーガー松本のベストバランス麻雀』という自著で、自身の長身や見た目の怖さなども売り込む武器になると書いていて感動した。プロ意識ってそういうことなんだと思う。

晩夏光所作美しき女流プロ

麻雀にできたことが俳句にできないはずがない。俳人もプロを目指し試行錯誤する時代だ。なぜこの題にしたか忘れたが要は自力で頑張りなさいというつもりだったのだろう。

せ

千羽鶴

星月夜絡まりしまま糸置かれ

ふと折紙や綾取りをやりたくなるときがある。俳句もそうだが、どうやら僕は子供の頃から一人でやる遊びが好きらしい。

折紙と綾取りは図鑑を買ってもらって一生懸命練習した。いろがみと紐が付録でついてくる一冊の本だった。いろがみはすぐに使い切ってしまったが、紐はなくならないので、綾取りの腕は達人クラスだと思う。一人綾取りはもちろん、亀とか橋とか三十手順以上ある高度な形を今でも指が覚えている。一度ひねって指の後ろにかけたあとに元に戻したり(うまく説明できないぐらい複雑)、遊びでは絶対に思いつかない方法が嬉しくて、誰にも見せずに一人で深夜まで練習した。口で紐をくわえるぐらいは初歩の技である。

鶴が折れない子を見かけるとなぜか悲しい気分になる。鶴くらいは図鑑がなくても自然にどこかで教わるものだと思う。最近はもっと鶴が折れない子が増えているに違いない。

不景気のあおりで刑務所での刑務作業も激減しているらしい。僕の知り合いはやることがなさ過ぎて、獄中でずっと鶴を折らされていたらしい。千羽折ったら出所になるのだろうか。なんかいい話だ。

ⓨ 余命

しづかなる想ひの満ちて星流る

生まれたときからおまけの日を生きている気がする。

(え) エロ本

煤払ひトイレの「ＳＭスナイパー」

エロ本って何だろう。エッチな本であることはわかるが、具体的な商品名になるとわからない人が多いのではないか。道端で拾ったり(だいたい雨で濡れていたりする。不思議だ)、友達の家で見かけたりはするが、女の裸が載っているだけで、何についての本なのかじっくり考えたことはほとんどない。コンビニで買うときも雑誌のタイトルより、表紙の女が好きか嫌いかで選んでいるはずだ。普通の雑誌であれば発売日も気になるが、エロ本に限っては発売日などは意識したことがないだろう。そもそもタイトルもわからないのに、発売日なんかわかるわけがない。つまりエロ本という概念が持つ、共通のエロ本は存在しないのだ。

男子にはそれぞれの心の中のエロ本がある。僕たちがエロ本を語るときはエロ本を語りながら自分を語っている。

(の)

のだめカンタービレ

初日の出指揮者のやうにあらはるる

昔の同居人が布団と抱えてきた嫁入り道具。まだ連載中で一〜二十巻が風呂敷にくるまれていた。ちょうど「カンタービレ」という俳句を見たばかりだったので（意味がわからなくて調べた）、その本が気になり手に取ることにした。普段の僕なら他人の物にはさほど興味を持たないのだが、これも俳句の縁なのだろう。

「へえ、クラシックの話なのね。わかんないや」

クラシックといえばワーグナーぐらいしか聴いたことがない。すぐに飽きるかなと思って読み始めたが、第一話から主人公ののだめを好きになってしまった。クラシックというよりピアノの話だな。ピアノ面白いじゃん！

「しゅてきしゅてきー」

一巻を読み終えるころにはすっかりのだめになりきっていた。「ぎゃぼー」という叫び声が好きで意味もなく連呼したのを覚えている。『ポンキッキーズ』の「蘭々の絵描き歌」冒頭の「ちゅどーん」と同じぐらいの衝撃だ。書くと長くなるので詳しくは書かないが、僕はこの「ちゅどーん」を見て死ぬのをやめた。鈴木蘭々は命の恩人なのである。

クラシックやピアノなんて高尚な趣味で全然わからないと思っていた僕は、穴があったら入りたい気分だった。俳句にはさんざん同じことを言ってきているのに、ピアノを同じ理由で遠避けていたとは。

最初はラベルやリストにはまった。手当たり次第にCDを買い漁ったので、同じCDが何枚もある(クラシックのCDは皆同じデザインに見える。不親切だ)。目をつぶって聴いていると、のだめや千秋の姿が浮かんできて漫画の中にいるような気分になる。現代音楽なんて何いってるんだと反発していたガーシュインもCDを買うくらいに好きになった。

二十冊まとめて炬燵の上にある

なんでも影響されるのはいいことだと思う。学ぶは「真似ぶ」だ。CDラックにクラシックコーナーができるころには彼女は家を出ていった。のだめも持っていかれてしまったが、二十一～二十五巻は僕のだぞ。これを読んだら返して下さい。

(え)

えっ？

平仮名の踊り出したるお正月

お気づきだと思うが、本章は「あめつちの詞」にならっている。仮名四十八字の組み合わせで平安初期に作られたらしい。

あめ（天）　つち（地）　ほし（星）　そら（空）　やま（山）　かは（川）
みね（峰）　たに（谷）　くも（雲）　きり（霧）　むろ（室）　こけ（苔）
ひと（人）　いぬ（犬）　うへ（上）　すゑ（末）　ゆわ（硫黄）　さる（猿）
おふせよ（生ふせよ）　えのえを（榎の枝を）　なれゐて（馴れ居て）

「おふせよ」あたりから意味もわからなくなるので、「え」のだぶりには目をつぶろう。こじつけるのであれば、ア行の「え」とヤ行の「え」の区別か。

四十八字の踊文はいろは歌が有名だが、他に「大為爾《たゐに》の歌」があるので紹介する。

たゐにいて（田井に出で）　なつむわれをそ（菜摘む我をぞ）
きみめすと（君召すと）　あさり〈お〉ひゆく（求食《あさ》り追ひ行く）
やましろの（山城の）　うちゑへるこら（打酔へる子ら）
もはほせよ（藻は干せよ）　えふねかけぬ（え舟繫けぬ）

他にもいろいろできそうだからチャレンジしてみては。遊びなんてどこにでも落ちている。

竹馬やいろはにほへとちりぢりに　　久保田万太郎

を

踊り

春の風転がることの楽しさに

「ファントミラージュ！」の項にも書いたが、踊りは儀礼的なものであると思う。クラブの踊りは異性を口説く呪術の一環だと思うし、盆踊りは死者と交感するための踊りだ。夏の暑い中、盆踊りを真剣に踊り続けていると本当にトランス状態になるので、是非試して欲しい。

踊りはダンスとは違う。ダンスは外国のものだし、リズム感も黒人には敵わない。クラブでダンス禁止なんて馬鹿げた条例があったが、ダンスと踊りは違うと真面目に抗議してみてはどうだろうか。

ダンス甲子園でビキニ姿で「メロリンQ」を連呼していた山本太郎も時の人になってしまった。いろんなバージョンがあったが、「千代の富士脱Q」というギャグは秀逸だと思う。

な

ナイシトール

子供用浮き輪に腕を入れ抜けず

僕のまわりではちょっとしたダイエットブームが起きている。女子なんかがキャーキャー言いながらやるのではなく、暇で小金を持ったおっさんたちだからやり方が本気だ。健康なんかはどうでもいい。痩せられるなら死んでもいい。日々記録する体重の増減に一喜一憂し、体重が限りなくゼロに近づくことを夢想する。
もう遊ぶものが自分の体しかないのだと思う。中年の好奇心の悲しさよ。

蟾蜍あるく糞量世にもたくましく　加藤楸邨

ダイエットブームのきっかけはナイシトールだった。一瓶約六千円。たまたま試した同級生が、二〇キロ近い減量に成功したので、流行に敏感な女子おじさん達はこぞって薬局へ向かった。

「これで俺も痩せられる」

六千円の効果はすごい。後から思えば誤差のような体重減をTwitterで報告し合い、自分が一番薬効があると信じこんでいた。結局は競争なのだ。情報を共有しつつも、誰よりも自分が痩せたいと思っている。うーんやっぱ女子だなあ。

ナイシトールブームはいつの間にか終了した。効果のほどは終了したことから察して欲しい。今はもうすこし健康的で、サウナにブームが移った。サウナも「サ道」と呼ばれるように闇が深そうだ。猛暑日が続くと水風呂で死んでもいいと思ったりする。

れ 霊柩車

汗を拭く以外に喪服が動かない

最近あんまり見かけないな。こんなに高齢化しているのにどうしてなんだろう。不景気で装飾のランクが落ちているのかしら。昔は、立派な竜の車とかがあって、あんな車に早く乗りたいと思っていた。数年前祖父母が亡くなったが、僕が乗ったのもただの黒塗りの車だった。残念。

　帰省するたびに身内が一人減る

霊柩車を見たら親指を隠さなければいけないと教えられてきた。親指を隠さないと親の死に目に会えないとの迷信。別に死に目なんか会わなくてもいいと思う。むしろ死ぬ瞬間なんて見ない方がいい。人は死ぬときは死ぬのだから、すっと知らないところで死んで欲しい。猫は死ぬときはどこかにいなくなるそうだが、その気持ちはよくわかる。遺体や骨にも興味がない。長生きした祖父にあやかろうと焼きたての遺骨を食べたことがあるが、噎せただけだった。逆に寿命が縮むところだったよ。

　死は死んだという報告だけで充分だ。いや、報告すらなくてもいいな。生きているか、死んでいるかなんて当人だけが把握しておけばいいんじゃないか。なんだか「粗忽長屋」みたいになってきちゃったな。

「死んでるいるのは俺だが、俺を抱いている俺は誰だ？」

　お後がよろしいようで。

ゐ

遺言（ゐげん）

去年から花火が捨ててあるバケツ

僕が死んだら、僕のことは全力で忘れてください。勝手な想像をされるのは気持ちが悪いです。イヤです。迷惑です。

それでも僕を思い出す人がいたらそれはあなたのエゴです。自己満足です。反省してください。死んだ人を利用して気持ち良くならないでください。

僕は死ぬことを良いことだとも悪いことだとも思ってません。もちろん短命がかわいそうだとか、不慮の事故だから不幸だとも思ってません。呼吸をするぐらいに死ぬことは普通のことです。

死んでから思ってくれるなら、いま生きている僕を見てください。悲しむのは生きている人にしてあげてください。商業的な利用は可です。利用価値があるかわかりませんが、僕でお金儲けができるなら、どうぞお役立てください。人は死んでもモノは残ってしまいますから。遺品は、はやく使い切ってください。

萬緑や死は一弾を以て足る　　上田五千石

㋢ 天使

この世では涎を垂れて昼寝せり

翼と名付けられてから羽のあるものを希求してきた。僕にとって空は異界だ。いつだって異界からのメッセージを届ける天使でいたいと思う。俳人は廃人でいいのである。

冬薔薇石の天使に石の羽　　中村草田男

APPORO

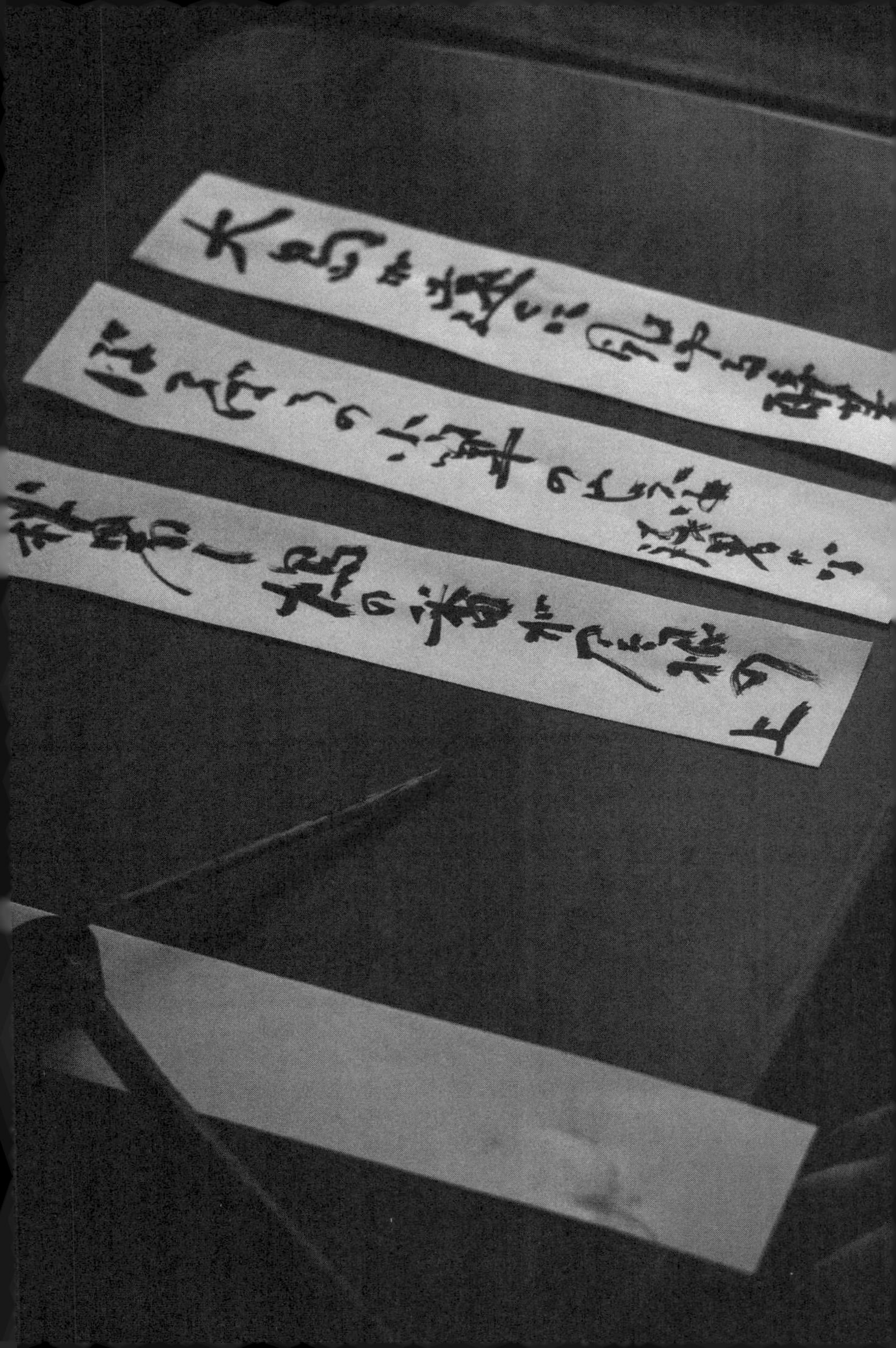

III

技巧一閃　俳句のテクノロジー

感情や思いの話ばかりしてきたが、俳句は言葉である。感情を言葉にするには、多少なりともテクニックが必要だ。テクニックとは効率化である。たんたんと覚えるだけでよろしい。俳句の入門書がわかりづらいのは、思いとテクニックが混同していることだ。

僕は思いとテクニックは別物だと考えている

ここまで本書を読んで、僕の思いに共感した人も、反感を覚えた人もいるだろう。何か感じたらそれが俳句の始まりだ。ここからは簡単で確実な俳句のメカニズムをお見せするので、作句にも挑戦して欲しい。

一　見るって何？

人間の情報入力の八割前後が視覚であると言われている。諸説あるが、五感の中でも視覚が優位であることは否めないだろう。

俳句でも「見る」ことの重要性はさんざん繰り返されて来た。どの入門書を読んでも見ることの重要さが説かれている。写生、観察…などそれっぽい言葉で解説されているが、要は「見る」ことと同義だ。見ることで主観（作為）を消すことができるらしい。なるほどねえ。でもちょっと待てよ。それって「思い」よりの発想じゃん！　作為がない方がいいというのは、ひとつの俳句観ではあるが、それだけが俳句のすべてではないと思う。

繰り返すが、俳句観とテクニックは別だ

「見る」ことが大事なのは「視覚が優位であるから」でしかない。効率的に俳句を作るために優位な感覚を優先させるのは当たり前。見ることを覚えたら、次のステップとして聴覚や触覚にチャレンジすればいい。ちなみに二番目に優位なのは聴覚で、触覚や臭覚や味覚は一桁の割合しかない（と言われている）［＊］。ただし、嗅覚は記憶されやすいという特徴があるので、句作には参考にして欲しい。

＊参照資料が少ないうえに、主に参照している『産業教育機器システム便覧』（日科技連出版社一九七二年刊）が古い資料なので、正確な数値は断言できないが、個人的な体感としてさほど乖離がないと思ってゐる。

臭くは句作

見るにも「見方」がある。ただ漠然と見ていても何もならない。じっとひとつのものを見続けていたら句が浮かんできたなんてことが、美談として語られることがあるが、ただの時間の無駄である。ほら、また思想論じゃん。神秘的体験談にテクニックはない。

「あなたは何を見ているかわかりますか？」

「見るって何ですか？」

残念ながら、このことに答えている俳句の入門書は見たことがない。

見るとは外界にある物体の**「色」「形」「運動」「テクスチャ」「奥行き」「カテゴリー」「位置関係」**（空間的な情報）を得ることである。逆にいえばこのこと以外の情報は視覚からは入ってこない。これからは図式的な説明で退屈だと思うが、これだけのことを我々は無意識でやっている、と思えば驚嘆するだろう。無意識を意識するのも有効な手段だ。

「色」は【色相】と【彩度】と【明度】の三つからなる。【色相】は赤、黄、緑…などいわゆる色の違い。特定の波長の違いで定義できる。【彩度】は色の鮮やかさ。分光反射率によって定義されるが鮮やかさだと覚えておこう。【明度】は明るさ。反射率との相関性が高いが、明るいか暗いかだけ意識しておけばいいだろう。一番明るいのが白で一番暗いのが黒だ。

「形」はそのまま、もののありさま。見た目にあわられた姿をいう。

「運動」は物体の位置関係の変化を表す。動いているかいないかだと思えばよろしい。

「テクスチャ」は質感や手触りのこと。やわらかい⟷かたい、など。ごわごわなどの擬態語で表現されることが多い。

「奥行き」は、二点間の長さ。高い（地面or水面との距離）、深い（地面or水面より下の距離）、厚い（面に垂直な長さ）など。奥行きは前後方向（手前と奥）の長さだ。

「カテゴリー」は、それは何かという認識だ。物への名づけとも言えるだろう。

「位置関係」は、物と物がどこにあるかだと思えばよい。

つまりモノを見るとは、前述のことを機械的にひとつひとつ当てはめて、自分の強く感じた特徴を探し出すことである。

例えば「かき氷」を詠もうと思ったときは、シロップの色にすぐ目が行くので、色以外の視覚情報を探してみるといい。氷にシロップをかけたものを「かき氷」と認識する（カテゴリーに分ける）ことも視覚の役目だ。

（例）かき氷

色　色相：赤、青、黄色　　彩度：やや鈍い　　明度：明るい

形　三角、山形
運動　置いてある、溶け出している
テクスチュア　しゃりしゃり、ざくざく
奥行き　すぐそこの
カテゴリー　かき氷
位置関係　（二つ以上の関係なので省略）

目の前に「かき氷」が置かれれば、僕たちはこれだけのことを視覚で「見ている」ことになる。テクスチャアは触覚にもつながっていることも面白い。尖っているものは、触らなくても痛いとわかる理由だ。

この中でもカテゴリーは認識にも直結するので、視覚ではなく、脳内の操作でわざとゆがませ「認識をズラす」ことができる。これを連想と呼ぶ。次項で説明する。

二　名詞を分解する

次に俳句で問題になるのは音数である。慣れない内は五七五にぴったり納めるのは困難だろう。ところがこれにもコツがある。いきなり五七五だと思わず、五・七・五を別に考えればいいのだ。特に五は二回出て来るから重要だ。

日本語の名詞は三音と四音が多い。助詞はほとんど一音か二音だ。つまり五音を作るには、三＋二か、四＋一の形を作ればよい。このとき助詞は言い換えると意味が変わってしまうので、音数を整える上で大事なのは【名詞】ということがわかるだろう。

日本語の名詞は実に豊かだ。一つのモノに複数の呼称が存在する。古語、外来語、方言など何でも自由に使えばいい。もちろん正確には必ずしもイコールにならないが、使っているうちにニュアンスの違いがわかってくればしめたものだ。

例を挙げてみよう。三音、四音が大事だと言ったがせっかくなので一～五音までやってみよう。まずは一人称の名詞だ。

一音　吾（わ、あ）
二音　我、僕、俺、わし、朕
三音　私（わたし）、自分、己（おのれ）、アタシ、オイラ、手前
四音　私（わたくし）、あたくし、小生、我輩
五音　わたくしめ

我といえば硬い感じがするし、俺より僕の方が上品に感じるし、朕なんて使えるのは天皇陛下だけだ。同音同士は特にニュアンスの違いを意識すると面白い。アタシなんてカタカナで書きたくなるところも僕のニュアンス感が出ている。

二人称は次の通り。

一音　汝(な)
二音　汝(なれ)、奴
三音　汝(なんじ)、貴方、お前、あいつ
四音　あの人、某(なにがし)、はなちゃん
五音　お前さん、あなたさま

汝の一字だけで、三音分の表現があることが素晴らしい。この豊かさがあるから、和歌では相手を思う相聞歌がメジャーになれたのだろう。あの人とかお前さんなんかは一単語ではないので、ずるいか。人の名前を直接言ってもいい。

先ほどの「かき氷」で練習しよう。「ジェ」「シャ」など拗音は一音と数える。「ラー」などの音引きは二音だ。

一音　氷（ひ）
二音　スイ
三音　こおり、アイス、ソルベ
四音　氷菓、かちわり
五音　かき氷、ジェラート、氷菓子、シャーベット
六音　氷いちご、氷メロン、ブルーハワイ、ガリガリ君
七音　アイスクリーム、レディーボーデン

味が違ったり、商品名だったりメチャクチャに見えるが、「氷菓」であることは間違いないだろう。連想はアタマが柔らかければ柔らかい方がいい。自由に連想を遊ばせるのが俳句だ。はじめから自由にできる人がなかなか居ないから理屈が重要になるのだ。

定型においては理屈のない自由はない

歳時記を開けば、季語は傍題といって用例が豊富に紹介されている。弁慶草なんて、つ

きくさ、いきくさ、血止草、根無草、はちまん草、ふくれ草、はまれんげと七種類も名前がある。どれも知らなかったけど(笑)。調べるのは楽しい。類語辞典も参考になるので、歳時記と類語辞典は、語彙を増やすためにも手に入れて欲しい。

＊

ここまで名詞の変化に慣れて来たらさらに遊べるように、次はカテゴリーを意識してみよう。「かき氷」の変化を例にとると、「氷菓」というカテゴリーの中の連想だ。これをAの関係としよう。

氷菓　⊃　かき氷、アイス、シャーベット　　↑Aの関係

注：⊃は上のカテゴリーに下の単語が含まれることを表す

一方氷菓はお菓子であり、お菓子は食べ物である。ある観点を軸とした分類(ジャンル)の変化をBの関係とする。この場合は「食べ物」という観点だ。カテゴリーの階層の変化

だと思うとわかりやすいだろうか。

食べ物　∪　お菓子　∪　氷菓　　↑Bの関係

AとBを自由に組み合わせていくことが連想の正体だ。

Bの変化にあった「お菓子」を今度は、「食事の種類」というカテゴリーに入れると

食事の種類　∪　朝餉、夕餉、メイン、つまみ、お菓子

となり、もっと意地悪に「遠足の持ち物」というカテゴリーにしようか。

遠足の持ち物　∪　お菓子、水筒、しおり、メモ帳、ペン、弁当

ここまで行くと　**かき氷≒しおり**　なんて連想も出て来る。ジャンルの変化は大小関係があるので、ある種の必然があるが、カテゴリーの選び方は人それぞれである。

だからこそ、カテゴリーに選びに言葉のセンスは表れる。わざとカテゴリーをズラすことを、**意味の意識的脱臼**と呼んでいる。ナンセンスが成立するためにはセンスが必要だ。仲間外れを当てるクイズがあるが、すべてが正解になるように考えて見るのも面白い。

【クッキー、おはぎ、だいふく、たいやき】

正答例は、あんこが入ってないからクッキーらしいが、もっと簡単にカタカナだからクッキーでもいいし、三音だからおはぎでもいいし、近所で売ってないからだいふくでも、俺が好きだからたいやきなんてのでもいい。主観的な判断材料があれば何でも成り立つから、逆にセンスが問われるということもある。

センスを鍛えるには、知識＝人生経験を増やすのがてっとり早い。僕が生き様にこだわるのはかようの理由もある。

三　俳句の骨格

言葉で自由に遊べるようになったらあとは内容だ。俳句は韻文であるが、基本は散文と同じである。相手に言いたいことを伝えるには、**5W1H**（いつ、どこで、誰が、何を、なぜ、どのように）がわからなければならない。ところが5W1Hをすべて入れてしまうと十七文字をすぐにオーバーしてしまう。できるだけ無駄な情報は省略するのが肝要だ。散文を省略したものが韻文である。韻文は韻文として独立して生まれるものではないと（初学のころは）思っておこう（※韻文の構造については前著『生き抜くための俳句塾』に詳しい）。余白は未知のものが導き出されるのではなく、**もともとそこに描かれていたものを再発見することである。**

最初に省略されるのは、**「なぜ」**と**「どのように」**である。ついつい入れたくなってしまうが、これは詩の核心部分の説明、つまり答え合わせなので入れない方がいい。詩を読む楽しみを奪ってしまうことになる。

次に省略しやすいのは**「いつ」**だ。これが俳句の優れたところで、俳句には季語がある。季語は季節の言葉なので、細かい時間までは指定できないが、当然「いつ」頃なのかはわかるだろう。

つまり俳句は

季語（いつ）＋　どこで　誰が　何を　どうした

を考えればいい。

例えば

向日葵が咲いてる

この句を詠む場合は、「いつ」（向日葵は夏の季語）、「誰が」（向日葵）、「どうした」（咲いている）が満たされているので、あとは「どこ」で咲いているのかを考えればよい（咲くは自動詞なので「何を」も不要）。

ここで一つ補足すると、場所（どこ）は行動（どうした）に影響されやすい。泳ぐと言えばたいていは水の中だとわかるし、走ると言えばある程度広い場所を思い浮かべるだろう。だから「向日葵が咲いている」を句にするときは「咲いてなさそうな場所」を選ぶのが一つのテクニックである。かといってすぐに詩的な場所を思い浮かべるのは難しい。そこで前述の連想法に戻る。

校庭に向日葵の花咲いている

「校庭」を「小学校にあるもの」でカテゴライズすると

小学校にあるもの　∪　校舎、教室、音楽室、プール、屋上、砂場、鉄棒、体育館

音楽室あたりが面白いか。

音楽室に向日葵の花咲いている

←音を合わせて

向日葵が音楽室に咲いている

さらに音楽室を細かく分類。

音楽室　U　ピアノ、椅子、肖像画、笛、ハーモニカ

向日葵が肖像画に咲いている

←音を合わせて

向日葵がベートーベンに咲いている

といくらでも変化していく。ベートーベンにいたっては場所にとらわれていては絶対に出てこない表現だと思う。さらに変化を加えたければ

花　U　向日葵、朝顔、チューリップ、パンジー、紫陽花、薔薇

紫陽花だと髪型とも響き合うと思うがいかがだろうか。

紫陽花がベートーベンに咲いている

もうここまでくれば動詞も自由に変えていいことがわかるだろう。特に動詞の場合は逆の意味を当てはめるとぐっと句がしまることが多いので覚えておいて欲しい。

紫陽花がベートーベンに枯れている

最初の句と比べてどうだろうか。俳句は骨格さえできればいくらでもアレンジできる。どうだ。まだ俳句は難しいだなんて言えるか。覚えれば誰にでも使えることをテクニックという。

校庭に向日葵の花咲いている
←
紫陽花がベートーベンに枯れている

それでも明日はやってくる

新宿を離れることが多くなった。

句会の無い土日はほとんど旅行にでかけている。旅ではなくただの旅行であるのが情けない。お風呂に入って、酒を飲むだけの逃避行である。

簡単に説明しておくと、予定が決まっている外出が旅行で、あてのない外出を旅という。古来、すべての遠出は旅であった。奥の細道がきびしい旅であったからこそ、松尾芭蕉の昴りが現在いまここに残っているのだと思う。

結局、凡人は生活を捨てられないのだ。どんなに世の中を憎み、苦しんで生きようと今の生活にどこかで満足してしまう。特に逆転が難しくなった中年以降は、絶望的だ。挑戦をあきらめ、低いレベルでの安定に自分を騙しながら生きていくしかない。自伝的な書き方をしたのはいかに、自分を騙して生きていたかを確認するためでもある。

僕もすっかり中年だ。夢など語れば笑われるだろう。

でも待てよ。笑われて何が悪い。俳人なんてもともと道化だ。気取ってないで、もういっそのこと「廃人」になってやる。

僕は道化だ、廃人だ。

いい年になっても夢を捨てられない廃人だ。

新宿に来て八年。いまでは仲間もでき、すっかりわが町のような顔をしているが、右も左もわからなかった当初が懐かしい。ただがむしゃらに俳句を詠むことが楽しくて、寝る事も忘れて俳句を詠み続けていた。いろいろなトラブルもいつの間にか俳句が解決してくれたように思う。

あの頃に戻りたいというのもまた夢か。

未知のステージを求める限り、旅行が「旅」になる可能性はあるだろう。僕の中にもう一度新しい「歌舞伎町」を作らなければならない。

なんてことを言えばカッコいいが旅行の途中で、伊東の娘に一目惚れしてしまった。なんとも言えないほんわかした子で、見ているだけでハートがファンファンする。新しいステージどころか、旅行が毎週伊東に遊び行くだけの慰安旅行になってしまった。グラビアの写真が、熱海と伊東なのはそんな理由もあったりする。老いらくの恋だと笑わば笑ってくれ。笑われてこそ廃人だ。

道化になるためにもう一つ。

僕は便利さを否定する。工夫の結果が便利さかも知れないが、一度便利さになれてしまうと、人間は工夫をしなくなる。工夫は創作と同義だ。工夫のない人生のなんとつまらないことか。近年頻出する災害も自然の反抗なのではないかと思う。

新幹線は早過ぎる。飛行機なんてもっての他だ。伊東ぐらいだったら馬で、いや、亀でのんびり行きたいものだ。

そんなときふと、手で字を書きたいと思った。

文字は入力するものではなく、書くものだ。下手糞な字を発表することになり照れ臭いが、字を書く楽しさをたまには思い出してもらえたら嬉しい。自分の手で何かをする喜びを、大事にして欲しい。


本書の刊行にあたっては、春陽堂書店の浦山優太氏にお世話になった。打ち合わせと称しては、何度も遅くまで酒に付き合わせてしまい申し訳なく思っている。あの時、飲まなければもう少し早く刊行できたのにね。ゼロからのスタートだったので、今ではすべてがいい思い出だ。ありがとう。カメラマンの藤本和典氏にはカッコいい写真を撮っていただき感謝している。花火を待っている間は、僕だけが酒を飲み続け失礼なことをしてしまった。本が出たら真っ先に乾杯したい。デザイナーの内川たくや氏にもレイアウトなどで迷惑をかけたが仕上がりには満足している。お礼を申し上げる。奥田瑛二氏、尾崎世界観氏に帯文を頂戴できたのも望外の喜びであった。ご多忙の中、心温まる一言をいただき心よりお礼申し上げます。そしてわがままな僕をいつも見守ってくれている句友や新宿の仲間たちにそっとお礼を。ホントはお前らが僕の宝だよ。

ほら、はなちゃん、もうすぐ本当に本ができるよ。

北大路 翼

令和元年敬老の日に

北大路 翼　（きたおおじ・つばさ）

新宿歌舞伎町俳句一家「屍派」家元。「街」同人。砂の城城主。1978年5月14日、神奈川県横浜市生まれ。種田山頭火を知り、小学5年生より句作を開始。2011年、作家・石丸元章と出会い、屍派を結成。2012年、芸術公民館を現代美術家・会田誠から引き継ぎ、「砂の城」と改称。句集に『天使の涎』（第7回田中裕明賞受賞）、『時の瘡蓋』、編著に『新宿歌舞伎町俳句一家「屍派」アウトロー俳句』『生き抜くための俳句塾』がある。『激レアさんを連れてきた。』（テレビ朝日）、『ラストトーキョー “はぐれ者”たちの新宿・歌舞伎町』（NHK BS1スペシャル）に出演し話題を呼んだ。

Twitter：@tenshinoyodare　　連絡先：shikabaneha@gmail.com

俳句索引

本書に収録した著者の作品を五十音順に配列しました。

ア行

カ行

サ行

タ行

ナ行

ハ行

マ行

ヤ行

ラ行

ワ行

なし

半自伝的エッセイ

廃人

2019年11月13日　初版第1刷発行

著　者　北大路 翼

発行者　伊藤良則

発行所　株式会社 春陽堂書店
〒104-0061 東京都中央区
銀座3-10-9 KEC銀座ビル9F
https://www.shunyodo.co.jp
電話：03-6264-0855（代表）

写　真　藤本和典

装　丁　内川たくや（UCHIKAWADESIGN Inc.）

DTP協力　崎山 乾

印刷・製本　株式会社 クリード

編集担当　浦山優太

本書へのご感想は、contact@shunyodo.co.jpにお寄せください。

ISBN 978-4-394-99000-0　C0095